Marion Schneider & Linda Troeller

Orgasmus. Gespräche mit Frauen und Fotografien

Marion Schneider & Linda Troeller

Orgasmus

Gespräche mit Frauen
und Fotografien

konkursbuch
Verlag Claudia Gehrke

Inhalt

Interviews

Fotografien

Interviews

Fotografien

Interviews

Ich glaube fest daran, dass die Geheimnisse der Frauen, wenn sie von Künstlern erkundet werden, die Welt und unseren Blick auf die Welt verändern. Du hast die ganze Macht, du musst dich nur entscheiden, was du damit tun willst.
Jerry Saltz, Kunstkritiker und Kolumnist, New York Magazine

Linda Troeller, Marion Schneider
Über das Projekt »Orgasmus«

Frauen sprechen selten über ihre intimsten Gefühle – nicht einmal mit ihren Freundinnen, Ehegatten oder Freunden, geschweige denn mit irgendwelchen anderen Menschen. Dies ist einer der wesentlichen Gründe, warum wir – Linda Troeller, Fotografin, und Marion Schneider, Autorin – dieses Projekt begannen. Wir wollten einen Raum eröffnen, wo sich Frauen zu ihren mit dem Orgasmus verbundenen Gedanken und Gefühlen äußern konnten. Dieses Buch wurde für all jene verfasst, die den weiblichen Orgasmus besser verstehen wollen. Es hat eine lange Vorgeschichte.

An einem Abend im Jahr 1994, als wir uns zum ersten Mal trafen, diskutierten wir die Möglichkeit, gemeinsam ein Projekt zur weiblichen Erotik zu entwickeln. Es dauerte vier Jahre, bis unser erstes Buch: »The Erotic Lives of Women« herausgebracht wurde. Als es 1998 erschien, würdigte es die New York Times als »eines der mutigsten und einfallsreichsten erotischen Bücher des Jahrzehnts«. Unser Ziel war es, Erotik aus weiblicher Perspektive darzustellen. Wir wollten die Art und Weise, wie sich die Frauen zeigten, nicht beeinflussen. Wir überließen den Frauen die Wahl ihrer Kleidungsstücke und die Entscheidung darüber, wie sie ihre Gefühle darstellen wollten. Vierunddreißig Frauen aus der ganzen Welt fanden den Mut, über Intimes zu reden und sich vor der Kamera zu zeigen.

Gut zwanzig Jahre sind seitdem vergangen, in denen viel über Frauen und Sexualität diskutiert und geschrieben wurde.

Orgasmus ist ein noch intimeres Thema. Frauen und Männer sind mit vorgefassten Stereotypen davon konfrontiert. Ist das, was sie in den Medien sehen und hören, tatsächlich so, wie es wirklich ist? Repräsentiert es wahre Gefühle? Bereits sehr junge Menschen beschäftigen sich mit diesen Fragen, weil das Intimleben durch die Welt der Bilder in jeden Teil der globalen Gemeinschaft eindringt. Männer und Frauen tauschen Rollen und entdecken verschiedene Identitäten in spielerischen sexuellen Situationen. Die Welt des Orgasmus scheint auf das Körperliche ausgerichtet, doch sie wird auch durch Fantasie, Kultur und Geschichte geprägt. Und insbesondere ist sie eine Welt der Seele.

Einige der interviewten Frauen waren dadurch besonders motiviert, sich an unserem Projekt zu beteiligen, weil sie unter Tabus oder anderen Formen der Unterdrückung ihrer Gefühle und ihrer Individualität gelitten hatten. Andere wollten lediglich ihre Freude und ihr Vergnügen mitteilen und Frauen dabei helfen, dieses Glück ebenfalls zu entdecken. Die Tatsache, dass sie von zwei Frauen interviewt und fotografiert wurden, bot den interviewten Frauen Sicherheit und Schutz. Wichtig war auch, dass wir die Frauen mit einem festen Gerüst von Fragen, die sich bereits bewährt hatten, führten, und dass wir sie weder in dem, was sie sagten, noch in dem, wie sie sich zeigten, beeinflussen wollten und dies mit unserem ersten Buch glaubhaft machen konnten.

Unser Buch bietet durch das von uns verfolgte Konzept eine hohe Wahrscheinlichkeit für glaubwürdige Bekenntnisse und authentische Einblicke. Die Autorinnen wollen mit ihrem Buch die Auseinandersetzung mit der weiblichen Sexualität bereichern. Das Konzept von Gender und Genderrollen in der westlichen Welt erfreut sich zunehmender Flexibilität dank verschiedener sich schnell entwickelnder Spielarten, die von der Mono- über die Trans- bis zur Pan-Gender-Kultur reichen. Infolge des wachsenden globalen Einflusses der visuellen Medien ist die ganze Welt von diesem Prozess beeinflusst. Umso wichtiger ist eine Bestandsaufnahme dessen, was Frauen heute fühlen und denken.

Die Interviewfragen

Was bedeutet das Wort Orgasmus für dich?

Kannst du dich an deinen ersten Orgasmus erinnern und deine Gefühle vor der Kamera zeigen?

Kannst du dich an deinen stärksten Orgasmus erinnern und deine Gefühle darstellen?

Hast du Fantasien, die dir dabei helfen, einen Orgasmus herbeizuführen?

Was bedeutet der Orgasmus für die Gesellschaft, die Zukunft der Welt?

Die Autorin Marion Schneider stellte die Fragen und nahm die Interviews auf Tonträger auf. Die Fotografin Linda Troeller fotografierte jeweils direkt nach der Beantwortung der zweiten und dritten Frage. Gemeinsames Ziel war es, so treffend wie möglich die authentischen Erfahrungen, Gedanken und Gefühle wiederzugeben.

Ende 2014 erschien das Buch in seiner Originalsprache Englisch. Die Beiträge der deutschsprachigen Interviewpartnerinnen waren auch in deutscher Sprache aufgenommen, und so war für diese neue Ausgabe deren Übersetzung nicht nötig. Für die deutschsprachige Ausgabe wurden außerdem zusätzliche Interviews geführt und weitere Fotografien aufgenommen.

Solveig Feldmeier
Zum Buch

Mich hat das Thema seit meiner Mädchenzeit umgetrieben. Viele Jahre war für mich keine Kommunikation darüber möglich, und auch heute noch gestaltet sich das als schwierig. Das ist einer der Gründe, warum ich an dem Interview- und Fotokunstprojekt von Marion Schneider und Linda Troeller teilgenommen und später begonnen habe, die englischsprachigen Interviews ins Deutsche zu übersetzen.

Bei meinen Versuchen, dieses Buch Freundinnen und weiblichen Bekannten zu empfehlen, bin ich auf Reaktionen wie diese gestoßen: Orgasmus – das ist eher etwas, für das sich mein Mann interessiert. Orgasmus durch Selbstbefriedigung – ist für mich kein Thema. Orgasmus ist für mich kein Thema mehr – ich bin schon lange ohne Beziehung.

Und das hörte ich nicht nur von heterosexuellen Frauen, sondern auch von lesbisch orientierten, die ja gemeinhin einen anderen Zugang zum weiblichen Körper haben.

Diese Antworten bestätigen die Beobachtungen von Linda Troeller und Marion Schneider: „Frauen sprechen selten über ihre intimsten Gefühle – nicht einmal mit ihren Freundinnen, Ehegatten oder Freunden, geschweige denn mit irgendwelchen anderen."

Dies steht im Widerspruch zum Umgang mit dem Begriff in den Medien. Wir sind aufgeklärte Menschen, frei und nicht verklemmt, wir brauchen und genießen Orgasmen, am besten multiple. Orgasmus ist die Erfüllung, der ultimative Höhepunkt des Sexlebens. Jede/r will es, jede/r braucht es, jede/r strebt danach.

Aber wie kommt Frau, und nebenbei bemerkt auch Mann, dahin, ohne sich selbst zu entdecken, sich kennenzulernen, zu erforschen? Ohne Kommunikation über diese zutiefst persönlichen Erfahrungen? Spät, zufällig oder gar nicht, lautet leider allzu oft die Antwort.

Dieses Buch versammelt Fotos und Interviews von dreißig Frauen unterschiedlichen Alters, unterschiedlicher Herkunft und unterschiedlicher sexueller Orientierung und einem Mann, der sich am liebsten als Frau kleidet. So verschieden diese Menschen auch sind, einiges ist ihnen allen gemeinsam:

– Als Kinder und Pubertierende konnten sie mit niemandem über das Phänomen Orgasmus reden. Sie spürten schon früh ein Tabu. Die Erwachsenen verweigerten oder verbaten sich Fragen zu diesem Gefühl.

– Orgasmus ist ein Gefühl. Ein ganz normales Gefühl wie jedes andere. Es kann ausgelöst werden durch eine völlig unwillkürliche körperliche Reaktion, etwa so wie Niesen.

– Das Thema ist auch im 21. Jahrhundert schuld- und schambesetzt, für Frauen stärker als für Männer. Denn bei Männern ist Masturbation mittlerweile allgemein akzeptiert, nach dem Motto: Die brauchen das. Frauen dagegen brauchen immer noch jemand anderen dazu. Jemanden, der sie zum Höhepunkt bringt. Einer Frau, die sich selbst befriedigt, sich selbst zu ihrem sexuellen Glück verhilft, haftet entweder etwas Frivoles oder etwas Abgründiges an.

Da hat sich seit den 70er Jahren, als der Film »Deep Throat« im US Kongress eine Kontroverse auslöste, wenig verändert. Dragonfly geht in ihrem Interview auf die Hintergründe ein. Sie meint, der Film wurde verboten, »weil er eine Frau zeigte, die Spaß hatte, während Männer unfähig waren, das Konzept des weiblichen Orgasmus tatsächlich zu begreifen und zu akzeptieren. Und genau das war das Radikale, was sie für ungehörig hielten. Es ging nicht um den (pornografischen) Inhalt. Es war der Fakt, dass vaginaler und klitoraler Orgasmus unbekannt waren. Ich meine, dass dies der Beginn der Zukunft war, in der wir uns jetzt befinden. Und ich empfinde den Umgang mit dem Film als typisch dafür, wie Männer die Frauenemanzipation manipuliert haben. Sie wollen uns nicht wirklich frei sehen, außer wir machen unsere Ärsche und Titten für sie frei. Das ist das, was sie befreien wollen – alles andere nicht. Warum? Wenn wir unser Recht auf Vergnügen und Orgasmus beanspruchen, dann bedeutet das für sie, dass sie ihr Spiel auf Hochglanz polieren müssen. Und das wollen sie nicht. Das wäre die Aufgabe eines Status und eines Privilegs, welches sie nicht abgeben wollen.«

Maayan aus Israel kritisiert das tradierte Frauenbild, mit dem sie aufgewachsen ist: »Grundsätzlich betrachtet wird erwartet, dass du beides bist: die Mutter und die Hure. Die Hure kommt nur ans Tageslicht, wenn du mit deiner wahren Liebe zusammen bist. Wenn sie nicht rauskommt, bist du frigide, langweilig, ein Ärgernis – und niemand möchte Sex mit dir haben. Es wird von dir erwartet, dass du eine zurückhaltende Frau bist, die ihre Grenzen kennt. Es wird von dir erwartet, dass diese beiden Charaktere die ganze Zeit in dir leben. Aber du musst sie voneinander unterscheiden können. Es wird erwartet, genau zu wissen, wann die jeweilige Seite herauskommen darf … Ich erkannte, dass ich mich wirklich darum sorgte, wie ich aussehe, wie Sex aussehen sollte. Das bedeutet nicht, wie es sein soll, sondern das gibt vor, wie es auszusehen hat.«

Es geht uns darum, die Kommunikation zu dem noch immer tabubeladenen Thema Orgasmus anzuregen. Ich freue mich, dass sich mit Claudia Gehrke eine mutige Verlegerin für dieses Buch in Deutschland gefunden hat.

Interviews

Svea (Deutschland) »Blassblaue Ferne«

Patricia Highsmith beschreibt in »Carol« unübertroffen einen Orgasmus:

»Und dann war alles blassblaue Ferne und Raum, ein sich weitender Raum, durch den sie plötzlich wie ein Pfeil dahinflog. Der Pfeil schien eine ungeheuer breite Schlucht mühelos zu überfliegen, höher und höher, als wollte er nie halten. Da wurde sie gewahr, dass sie sich noch immer an Carol anklammerte, dass sie heftig zitterte – dass sie selbst der Pfeil war.«

Ich assoziiere mit Orgasmus eine simple Körperfunktion wie Essen, Trinken oder Urinieren – elementar und banal zugleich. Ein Orgasmus ist für mich eine Erleichterung nach sexueller Spannung, manchmal auch eine regelrechte Erlösung oder eine wilde große Freude. Er »funktioniert« in meinen Augen nicht wirklich, sondern ist eher ein unverhofftes Geschenk. Denn erzwingen lässt er sich nicht, auch nicht mit der schönsten Frau von allen. »Die Orgasmen sind frei«, sozusagen.

Meinen ersten Orgasmus hatte ich mit meiner heutigen Frau, mit der ich inzwischen seit siebenundzwanzig Jahren zusammen bin. Ich erinnere mich noch an die Situation, und dass ich unendlich dankbar und voller Vertrauen war. Mit ihr konnte ich mich endlich fallen lassen, ohne Coolness und Leistungszwang.

Die Entdeckung des Vibrators war für mich ein Meilenstein. Damit kann man ja kommen, bis die Batterien leer sind. Eine sexuelle Autarkie, die mit Fingermuskeln allein nicht möglich wäre. Um in Fahrt zu kommen, brauche ich recht derbe Fantasien. Wenn ich komme, denke ich an nichts. Das ist ja der Witz an einem Orgasmus – dieses rauschhafte Loslassen, jenseits von Gedanken.

Hin und wieder treffen ich auf Leute, bei denen ich tatsächlich denke: »Die müssten vielleicht mal wieder ein paar Orgasmen haben, um zu entknittern …«. Wenn Sexualität wie gutes Essen und Trinken ist, sollte man sich auch regelmäßig Orgasmen gönnen, um ein lebensfroher, sozial genießbarer Mensch zu sein.

Linda (Vereinigte Staaten) »Feurige Schauer jagten an meinen Schenkeln entlang«

Orgasmus bedeutet eine Art Wiederauffüllung mit Energie – ein vibrierender Wasserstrahl, der dich in die Höhle wirft, und du gibst dich schließlich diesem schwebenden Gefühl hin. Wie kleine Perlen, die von der Schnur gelassen werden – pop, pop, pop, pop, pop, pop, pop, pop bis es vorbei ist. Er bringt dich in einen widerhallenden Raum, der dich überkommt und dich dann ganz schnell wieder verlässt. Aber er erinnert dich auch daran, dass du Zugang zu etwas hast, das viel größer ist als du selbst. Er kann so außergewöhnlich sein, fast wie der unermessliche Ozean, und im nächsten Moment kommst du dahin zurück, wo du bist.

Meine ersten Orgasmen hatte ich, als ich sechs oder acht Jahre alt war. Ich nutzte den Kartentisch, der dort stand, wo meine Eltern fernsahen, um mir ein Tipi zu bauen. Ich holte alle Decken aus meinem Bett und legte sie über den Tisch. Eines Tages hatte ich dieses Bedürfnis mir … meinen Schlafanzug auszuziehen. Es war so schön gemütlich. Mein Vater hatte mir wie immer ein Ginger Ale mit Grapefruit-Saft gemischt und reichte es mir. Ich nahm die Eiswürfel aus dem Glas, lutschte sie berührte mich damit und beobachtete, wie sie auf meinem Körper schmolzen. Und dann sah ich zu, wie sie auf meinem Intimbereich schmolzen. Es zog sich vor Kälte zusammen, und das fühlte sich wirklich gut an. Dann legte ich den Würfel zurück ins Glas und begann mich zu berühren und den Intimbereich mit meinen Fingern zu erforschen. Und ich kam sehr ins Schwitzen – ein großes Wonnegefühl – und ich fürchtete mich, herauszukommen. Ich wusste nicht genau, was passiert war. Aber es war sehr aufregend, denn ich hatte

Angst, meine Eltern zu sehen, die neben meinem kleinen Tipi Fernsehen schauten.

Eine ganze Zeit lang brachte ich verschiedene Objekte mit in mein Tipi, zum Beispiel Piniennadeln, die ich benutzte, um mich zu erregen. Ich streichelte mich damit – sie waren weich wie die Federn in einem Federbett. Die kleinen Spitzen piksten mich auch und feurige Schauer jagten an meinen Schenkeln entlang. Ich hoffte, dass dieses Hochgefühl nie enden würde. Schließlich verebbte das betäubende, verrückte und einzigartige sexuelle Erlebnis und ich fiel zurück auf den Boden, um dort meine neuen Gefühle zu integrieren. Es dauerte einige Minuten, bis ich fähig war, aufzustehen. Ich dachte nicht, dass es schlecht oder gut war. Ich wusste nicht, was es war. Möglicherweise hatte ich das nächste Mal einen Orgasmus, als ich zehn oder zwölf war. Der Nachbarjunge hatte mir Blätter in die Unterhose gestopft und das löste dieses süße kleine Wohlgefühl da unten aus.

Meinen stärksten Orgasmus hatte ich mit einem Freund. Ich war Anfang zwanzig und wir beide wollten einfach nur Öl über unseren ganzen Körper verstreichen, ohne darauf achten zu müssen, ob etwas davon auf die Laken oder anderswohin gerät. Und so füllten wir in der Tat eine ganze Flasche Öl in eine Schale. Aufgrund der Freiheit, die bewirkte, dass das Öl nicht in kleinen Tropfen aus der Flasche kam, sondern aus einem großen Gefäß, in das man die ganze Hand hineinhalten konnte, verteilten wir das Öl reichlich auf unseren Körpern und rieben uns gegenseitig ein. Und ich fühlte, wie die Geschmeidigkeit des Öls auf meiner Haut haftete. Dies erzeugte eine Art duftige Milch. Und wir brachten sie überall auf: im Gesicht, im Sex-Gebiet, überall.

Aber das war keine Massage. Es war die Entdeckung des Gefühls von Öl auf deinen Beinen, deinen Armen und deinem Bauch und in unserem Haar, unseren Augenbrauen, überall auf uns. Wir begannen, uns gegenseitig zu erregen, berührten einander und … Ich fühlte, wie sich etwas aufbaute und wuchs und wuchs und dann liebten wir uns. Wir hatten diesen ganz besonderen, super-sensitiven Orgasmus zusammen. Wir ließen den Orgasmus einfach fortdauern und fortdauern, während wir im Öl glitten und es machte mich … ich wusste nicht mehr, ob er ein weißer oder schwarzer Mann war oder ein … Ich wusste nicht mehr, in welchem Land ich mich befand oder … Es war etwas, das ich noch nie zuvor empfunden hatte. Es fühlte sich fremd und aufregend an, und es brachte mich in eine neue Welt. Es war absolut frei und erfüllend. Es war so, als ob viele Männer aus vielen Orten … so wie ein uralter Weg von etwas, und es war das Beste.

Für meine Fantasien habe ich eine kleine Serie von Vorstellungen, die mich in Stimmung bringen, wenn ich alleine mit mir bin. Und das funktioniert manchmal. Ich denke an einige der verschiedenen Männer, mit denen ich zusammen war. Und jeder von ihnen erzeugt eine ganz eigene Episode in mir. Ich denke also ein wenig an ein oder zwei von ihnen und errege mich in ihrem Stil, an dem, was ich mit ihnen gemacht habe. Und dann, wenn ich einen wirklich großen Orgasmus haben will, passiert, schätze ich mal, das, was ich ein wenig … ein wenig »ausgefallen« nenne. Denn ich schmeiße die Idee völlig über den Haufen und gehe über in einen selbstzufriedenen Zustand, etwa so wie in einer Zen-Meditation. Ich fühle nur den Moment und bin nicht mit irgendwem verbunden. Und für gewöhnlich ist das eine wunderbare Erfahrung.

Es ist für mich immer von äußerster Wichtigkeit gewesen, mit jemandem zu sein, der in der meisten Zeit des Zusammenseins orgastische Erfahrungen für mich schafft – außer vielleicht bei Krankheiten oder Ähnlichem … etwas richtig Schlimmen. Aber die wichtigsten Partner, die ich hatte, haben die Energie und die Entscheidung für ein Zusammensein bei mir erzeugt, und sie haben mich zu diesem orgiastischen Moment ermutigt. Ich glaube, dass die Freiheit, zu experimentieren und etwas über den eigenen Körper zu lernen, Frauen stark macht. Das Wissen über die eigenen inneren Körpergefühle und ein höheres Bewusstsein steigert unseren Mut und motiviert uns in unserem Lebensweg.

Sofia (Portugal)
»Sonnenschein auf meinem Körper ist das ultimative Aphrodisiakum«

Orgasmus bedeutet für mich, der Wildnis, der Welt, den Dingen nahe zu sein, größer als ich selbst zu sein, meine Grenzen zu verlieren – beispielsweise die Grenzen meiner Haut, grenzenlos zu werden und mich über die Welt auszubreiten. Schon das Wort Orgasmus ist ein sich ausdehnendes Wort. Es ist so schmerzhaft, ein Individuum, eine Person zu sein, die so eingebunden ist. Und ich denke, das ist es, was Orgasmus ausmacht: Dieser Moment, wenn du nicht du selbst bist, wenn du mit der Welt verbunden bist.

Wenn ich es kleinen Kindern erklären sollte, würde ich das mit einer Analogie versuchen. Als Kind rennst du richtig, richtig schnell, weil du jemandem nachjagst oder weil jemand dir nachläuft. Oder du rennst die Hügel auf und ab und beginnst zu schwitzen. Du spürst, wie dein Körper arbeitet, und danach fühlst du völligen Frieden und Ruhe. Und du fühlst dich wunderbar ermattet. Ich denke, das kommt dem am nächsten. Und es basiert ganz auf meinen eigenen Kindheitserinnerungen, denn ich rannte genau so. Das ist nicht wie das kontrollierte Joggen, sondern es ist wie dieses verrückte Rennen eines Kindes. Wenn wir älter als zehn sind, machen wir das nicht mehr. Wir wollen dann cool und kontrolliert sein.

Ich weiß nicht, wann mein erster Orgasmus war, ich war sehr orgiastisch als Kind. Ich hatte ständig Orgasmen. Ich wusste nicht, dass es Orgasmen waren. Ich dachte einfach, dass das zum Leben dazugehört. Es war ebenso eine Erfahrung wie das schnelle Rennen oder ein fantastischer Kuchen oder das im Bett getröstet werden. Du weißt, wie du als Kind schläfst: Du fühlst dich so getröstet. Es war einfach wie viele andere meiner vielen körperlichen Erfahrungen. Und daran erinnere ich mich: als ich mit dem Konzept von Orgasmus in Berührung kam und mich fragte: »Was zum Teufel ist das? Ist das eine dieser Sachen, die ich erlebt habe?«

Ich muss so um die zehn Jahre alt gewesen sein und meine Eltern hatten eine Ausgabe von »The Joy of Sex« im Haus. Die längste Zeit hatte es zusammen mit anderen Büchern, die sie nicht mehr lesen würden, auf dem Regal im Zimmer meiner Großmutter gestanden. Die 70er Jahre waren vorbei und sie interessierten sich nicht mehr für diese Bücher. Deshalb hatten sie die beiden Bände von »The Joy of Sex« da abgelegt.

Und ich las diese Bücher. Nach ein paar Monaten allerdings waren sie aus Großmutters Zimmer verschwunden. Sie waren nicht länger greifbar. Sie waren weg. Und ich fragte mich: »Verdammt, wo sind denn diese Bücher?« Ich wusste bereits, dass ich nicht danach fragen sollte. Und schließlich fand ich sie im Schlafzimmer meiner Eltern ganz oben im Schrank. Dort waren sie für mich unerreichbar. Ich musste darauf warten, dass niemand zu Hause war. Dann nahm ich einen Stuhl und riskierte mein Leben, um an diesem Schrank hochzuklettern. Und diese Bücher wurden unheimlich wichtig, weil sie so plötzlich hinter Kissen verborgen worden waren. Es war so schwierig, sie zu kriegen, rein physisch gesehen.

Ich musste durch all diese Rituale gehen, nur um mir die Bilder anzuschauen und etwas über die mit Sexualität verbundene Sprache herauszufinden. Zu dieser Zeit konnte ich keinerlei sexuelle Erfahrungen mit Sprache in Verbindung bringen. Es gab also keine Sprache für meine Sexualität, die doch Teil meines Lebens war. Und ich sah keinen Gegensatz zwischen der Sexualität in meinem Leben als Kind und meinem Leben an sich. Das gehörte zusammen. Nachdem ich die Bücher gefunden hatte, gehörten sie nicht mehr zusammen. Sie wurden zu zwei klar voneinander zu unterscheidenden Bereichen. Es gab Sex, es gab ein Wort dafür. Und es barg ein Element von Angst in sich. Ich wollte nicht, dass diese Dinge, die ich selbst erlebte, mit der Sprache dieser Bücher übereinstimmen. Das ließ sie wirklich klein erscheinen. Es nahm mir auch etwas von meinen eigenen Erfahrungen weg, weil es eine Angelegenheit der Erwachsenen war, nicht wahr? Es waren Erwachsene, die Zugang zu all diesen Dingen hatten, aber ich las darüber und fragte mich: »Passt das zu dem, was ich in meinem eigenen Leben erfahren habe?« Und es passte eben nicht; deshalb war es sehr frustrierend, das zu lesen. Ich brauchte viel Zeit, um zu erkennen, dass es eine Verbindung gab. Ich begriff es sehr lange nicht, denke ich. Ich las über einige Jahre hinweg darüber und stellte mir alles vor. Das Lesen dieser beiden Bücher war eine unheimlich wichtige Sache in meinem Leben.

Es gab diese Zeichnungen, diese Bilder von erwachsenen Körpern, die nicht zu meinem Kinderkörper passten. Es gab für mich daher die Gedanken: »Wer sind diese Leute? Sie haben Haare am Körper und sind so unförmig.« Ich verband das Buch also zunächst überhaupt nicht mit meinen Erfahrungen. Ich glaube, das ist dann mit der Zeit gekommen. Und dann fängst du an, über Sex in der Schule zu sprechen. Manchmal nahm ich eines dieser Bücher mit in die Schule, um es allen zu zeigen. Es war eine ganz große Sache und ich hatte eine Menge Leute um mich. Alle wollten in die verflixten Bücher schauen, weil es damals keine Sexualerziehung in der Schule gab. Wir lernten etwas über Fortpflanzung, etwas über erwachsene Körper und darüber, wie unsere Brüste wachsen würden. Es gab also das Lernen über die Biologie des erwachsenen Körpers, aber es gab keine Verbindung zur eigentlichen Sexualität. Also stahl ich manchmal eines dieser Bücher oder vielmehr: ich borgte mir eines aus dem Schlafzimmer meiner Eltern und brachte es mit zur Schule. Durch diese Art von Begegnungen mit anderen Kindern, die eine Zeit lang stattfanden, begann ich, die zwei Dinge zusammenzubringen. Und es passte nicht zusammen, und das gefiel mir nicht.

Ich weiß heute, dass ich als Kind voll ausgeprägte Orgasmen hatte, genau so, wie ich sie heute habe. Es gibt gar keinen Unterschied. Es waren nicht bloß orgiastische Gefühle, sie waren Orgasmen, genau dieselben wie jetzt. Es ist die gleiche Stimulation – oder erst die Erregung und dann die Stimulation und dann der Orgasmus. Es war genau der gleiche Aufbau. Und nach dem Orgasmus fühlte ich mich sehr entspannt und schlief ein.

Ich habe mich immer mit meiner Hand stimuliert. Ich kann mich nicht erinnern, ob ich es als kleines Kind getan habe. Aber ich erinnere mich daran, dass ich es tat, seit ich vier oder fünf war. Ich schätze, ich war vier oder fünf, weil ich eine genaue Erinnerung an eine Feier mit meinen Kusinen habe. Beide waren in meinem Alter und ich kann mich genau daran erinnern, dass ich bei mir selbst dachte: »Ich frage mich, ob sie das auch machen?« und daran, dass mir die Sprache dafür fehlte, sie danach zu fragen oder irgendwie darüber zu sprechen. Ich denke, dieser Moment hat sich in meinem Gedächtnis festgesetzt, weil für mich so etwas stark Sexuelles mit der Situation verbunden war, weil meine Kusinen Gymnastik trieben und dabei dieses rote Band verwendeten. Es war tatsächlich eine sehr körperliche Angelegenheit, und um uns herum gab es noch die anderen Kinder. Es war für mich ein sehr spannungsgeladener Augenblick. Ich weiß, dass wir noch nicht zur Schule gingen. Ich muss also vier oder fünf gewesen sein.

Ich habe keine Erinnerung daran, dass ich das Bedürfnis hatte, dieses Gefühl zu verbergen. Manchmal erinnere ich mich daran, wie ich versuchte, es meiner Großmutter zu zeigen. Ich war da schon ein bisschen älter, vielleicht acht. Ich rief meine Großmutter zu mir ins Zimmer und wollte es ihr zeigen. Ich war im Bett und ich rief sie zu mir und ich rubbelte mich. Aber sie hat es nicht kapiert. Entweder verstand sie es wirklich nicht oder sie konnte nicht zulassen, es zu verstehen. Schließlich war ich sehr böse auf sie und ich glaube sogar, ich schrie sie an oder so. Dann kam meine Mutter herein. Und bei ihr wusste ich, dass es absolut nichts zu zeigen gab. Das hatte ich schon begriffen. Ich glaube, ich tat einfach so, als ob ich schlafe, und verfolgte die Sache nicht weiter. Aber mit meiner Großmutter war ich wirklich eng verbunden. Deshalb fühlte ich, dass das etwas war, was ich mit ihr teilen wollte. Es war nicht weiter dramatisch, sie kriegte es eben einfach nicht mit. Sie verstand es überhaupt nicht. Für sie war es einfach nur, als spielte sie mit mir. Und ich schätze, wenn mein Kind das täte und versuchen würde, es mir zu zeigen, dann würde ich es auch nicht mitkriegen, ich würde annehmen, ich spielte einfach nur mit ihr.

Der erste Orgasmus, der mir in den Sinn kommt, kommt ganz mühelos. Deshalb denke ich, es muss der stärkste gewesen sein. Es war mit meiner Partnerin im Hilton Hotel in Providence, Rhode Island. Es war in einem wunderschönen Hotelzimmer, sehr komfortabel, mit zwei mächtigen King-Size-Betten. Ich hatte eine Präsentation auf einer Konferenz, deshalb bekamen wir dieses Zimmer. Wer weiß schon, warum diese Dinge passieren? Es war wirklich einer von diesen »Ich-sterbe-jetzt-und-hier«-Orgasmen. Er war sehr, sehr groß. Es war, als ob Energie und Geist wirklich etwas bewirkten, und es war wie eine wirklich große Explosion. So fühlte es sich an. Das ist mindestens ein Jahr her oder länger.

Ich erinnere mich, dass ich sehr offen war. Ich hatte meine Partnerin auf mir. Sie war dieses enorm große Raubtier. Sie hatte ihre menschlichen Eigenschaften verloren und war zum riesigen Raubtier geworden, das dabei war, mich zu verschlingen. Es war, als ob ich Sex mit einer Löwin hätte. Sehr heftig und sehr intensiv. Es schien für immer anzudauern und ich fühlte mich, als würde ich auseinanderbrechen.

Ich habe Fantasien, wenn ich mir zu einem Orgasmus verhelfe oder dabei bin, einen zu erreichen. Ich gehe hinüber in diese andere Welt. Und es fühlt sich nicht mehr an wie eine Fantasie, sondern wie Realität. Ich gehe in diese andere Welt, und das fühlt sich sehr lebendig an – so, als wäre ich in einem Wald. Es ist eine wilde Welt, eine gewalttätige Welt, brutal und animalisch. Dieser Wald ist, wo ich hingehe. Ich denke, ich bin immer in diesem Wald, wenn ich Sex habe. Und es ist gut, dass ich dort bin. Da gibt es keine Kleidung, keine Möbel, nichts von dem ganzen Zeug. Ich bin ein wildes Tier. Meine Partnerin und ich sind Tiere, mir fällt kein besseres Wort ein. Da gibt es keine Arbeit, da gibt es einfach gar nichts. Die menschliche Welt ist verschwunden. Es gibt nur diese sehr ursprüngliche Welt. Das erlebe ich. Deshalb würde ich es nicht Fantasie nennen.

Meine Fantasien oder meine Wünsche richten sich eher auf solche Dinge wie gut gegessen zu haben und ausgeruht zu sein, vielleicht ein Wellness-Erlebnis, damit ich mich in meinem Körper wohl fühle. Ausschlafen und natürlich Sonnenschein. Ich denke, Sonnenschein auf meinem Körper ist das ultimative Aphrodisiakum. Da kommt nichts anderes ran: Draußen sein, sich sonnen und baden. Das sind meine Fantasien, weil ich das nicht so oft bekomme. Oftmals über lange Zeit hinweg nicht. Diese Dinge, die mich so sehr erfreuen, mache ich nicht. Deshalb sind das meine Fantasien. So werde ich angeturnt. So komme ich dahin, sexuelle Lust zu fühlen. Und ich denke, das, wodurch ich mich völlig asexuell fühle, ist diese absurde Kultur, in der wir heute leben. Dieser extreme Wettbewerb. Das mag vielleicht ganz spezifisch sein für New York, wo ich lebe: Sehr starker Wettbewerb, die ganze Zeit arbeitest du, du hast Deadlines, du triffst Leute, du willst immer mehr, immer mehr machen. Du willst herausragen.

Und das alles tötet all deine Lust und dein Vergnügen. Es tötet sie tatsächlich. Ich denke, das ist wirklich eine Schande. Genauso wie dieses Computerdenken, das wir uns angewöhnt haben. Wir sind ständig an unseren Computern. Wir schauen ständig auf irgendeinen Bildschirm. Ich habe niemals eine ruhige Zeit.

Unser Gespräch ist das tiefste, das ich seit langer Zeit geführt habe, die nächste Annäherung daran, einfach da zu sein.

Ich weiß, es ist stumpfsinnig, so zu leben. Diese Lebensweise ist erbärmlich und lächerlich. Ich verabscheue sie wirklich, auch wenn ich da drin stecke, Teil davon bin. Ich würde gerne einen Weg finden, meine Projekte zu verfolgen und meinen Leidenschaften nachzugehen, ohne diesen Lebensstil, den ich nicht mag und der mein ganzes sexuelles Verlangen abtötet.

Die Zukunft des Orgasmus für mich, für die Gesellschaft und für die Welt ist, dass wir mehr Orgasmen brauchen. Jede und jeder muss sie haben dürfen, ganz egal, was in ihren Leben so abläuft. Nur weil du dich nicht wohl fühlst, bedeutet das nicht, dass du keine Orgasmen haben kannst. Es ist genau anders herum: Wenn du dich nicht wohl fühlst, dann brauchst du sie wirklich am dringendsten. Ich hoffe, wir werden eine Welt schaffen können, in der es vor allem für Frauen einfacher ist, Orgasmen zu haben. Ich denke, das muss eine Welt sein, wo für die Menschen besser gesorgt wird. Nordeuropäische Länder tendieren zum Wohlfahrtsstaat. Vielleicht sind sie nicht perfekt, aber ich denke, die Leute fühlen sich besser aufgehoben. Und ich glaube auch nicht, dass es ein Zufall ist, dass die Menschen in diesen Ländern mehr Möglichkeiten zur Erforschung ihrer Sexualität haben. Sie machen solche Dinge wie Wellness, in den Urlaub fahren, von der Arbeit frei nehmen. Und das existiert nicht in Ländern wie den USA, wo die Menschen keinen Zugang zu Fürsorge und Schutz haben. Dort gibt es das für die stark Privilegierten, die sehr Reichen. Während es für Menschen, die einen gewöhnlichen Job haben, sehr schwer ist, mit ihrer Sexualität in Berührung zu bleiben. Insbesondere dann, wenn du eine Frau bist, die der Arbeiterklasse angehört, in einem Café arbeitet oder als Krankenschwester, weil es eine sehr brutale Welt ist und du so vielem ausgesetzt bist. Ich denke, du brauchst einen bestimmten Grad von dem Gefühl, sicher und geschützt zu sein, um deine Sexualität ausleben zu können. Deshalb meine ich, weniger Arbeit und mehr staatlicher Schutz wären meine Zielstellung. Mehr Orgasmen für alle.

Merav (Israel) »Die Zukunft von Orgasmus liegt in der Kommunikation«

Schon immer habe ich gedacht, dass das Gute am Orgasmus darin besteht, dass er nur körperlich ist und du dich ganz frei von herkömmlichen Filmen im Kopf fühlst. Manchmal zeigen dir Orgasmen einen Ort, wo du von alldem völlig frei bist. Deshalb habe ich Orgasmus immer als einen sicheren Ort betrachtet. Orgasmus ist ein Ort der Freiheit.

Es ist schwierig, etwas so Körperliches in Worte zu fassen. Es ist etwas, was du entweder erlebst oder eben nicht erlebst. Du sprichst nicht darüber. Es ist genau wie Musik. Manchmal versuche ich es mit demselben Konzept, wie ich etwas Körperliches durch Meditation erlerne. Du kannst das nicht erklären. Alle Worte darum würden es nicht richtig beschreiben, weil es ein körperliches Erlebnis ist. Es ist nicht logisch, es ist nicht vernünftig, aber es ist körperlich und du musst es erfahren. Orgasmen sind für jede Frau einzigartig. Ich kann versuchen, zu beschreiben, was ich fühle, jedoch nicht das, was Frauen generell empfinden. Ich denke, es ist besser, wenn wir die Definition für alle offen halten.

Ich habe über meinen ersten Orgasmus nachgedacht, aber ich kann mich nicht erinnern. Ich erinnere mich daran, wie ich das erste Mal Sex hatte, aber ich glaube nicht, dass ich dabei zum Orgasmus kam. Ich denke, ich erinnere mich nicht, weil es etwas ist, das nicht plötzlich geschieht. Du lernst vielmehr, dich selbst dahin zu bringen. Es ist etwas, in das du hineinwächst, wie mit Sex. Der erste Sex ist nicht so intensiv. Wenn du einen festen Freund hast, lernst du mehr darüber, und er wird besser und besser. Ich denke, dass es ein Prozess ist, keine Einzigartigkeit. Ich denke nicht, dass es eine epochale Situation gibt, in der du ausrufst: »Genau das ist es!« Als Frau lernte ich, dorthin zu kommen. Ich erkannte an einem bestimmten Punkt meines Lebens, dass es nicht die Aufgabe des Mannes ist, mich dorthin zu bringen sondern meine eigene Aufgabe, dorthin zu gelangen.

Ich kann jedoch zu dem ersten Orgasmus, an den ich mich erinnere, eine Aussage machen. Meine Orgasmen sind sehr spezifisch, weil ich spritze. Dadurch werden sie wirklich offensichtlich und ich kann nichts vorspielen. Sie sind gewaltig. Ich habe eine Erinnerung daran, als ich das gerade herausgefunden hatte. Alles war nass und die Situation wirklich seltsam. Mein damaliger Freund mochte es sehr. Normalerweise ist es ja der Mann, der die Flüssigkeit hinterlässt. Plötzlich entlud sich so viel davon, dass wir jedes Mal, nachdem wir Sex hatten, den Boden aufwischen mussten. Das war wirklich cool, weil wir unsere Unordnung gemeinsam aufräumen mussten. Meine Orgasmen wurden mit diesem Freund langsam stärker. Ich denke, ich wurde ein wenig abhängig. Zu dieser Zeit war ich drei Jahre mit ihm zusammen. Wir hatten wirklich guten Sex, aber keine wirklich gute Beziehung. Was ich daran mochte war, dass wir alle beide immer zur gleichen Zeit Sex haben wollten. Keiner von beiden hatte das Gefühl, mehr zu wollen und der andere verweigerte es. Es war eine wirklich gute Zeit und es gab Raum, alles zu entdecken, weil ich mich echt gut in meinem Körper fühlte und mir alles erlaubte. Ich sagte zu nichts nein – alles war zulässig. Das war es, was ich daran mochte, weil sonst nicht alles erlaubt ist, bis du Sex hast. Alles, was beim Sex erlaubt ist, ist außerhalb dieser Grenzen nicht erlaubt: die Geräusche, die Säfte, sogar die Furzgeräusche. All das ist grotesk außerhalb von Sex. Innerhalb des sexuellen Erlebnisses gibt es diesen runden Raum, in dem alles erlaubt ist – und alles ist gut. Es ist fast wie in einer Zeitmaschine oder einem Zeitabschnitt, in dem du dir wirklich gestatten kannst, die zu sein, die du bist und dich mit dir selbst gut zu fühlen. Das ist es, was ich am Sex wirklich mag.

Es schockierte mich sehr, dass andere Frauen es nicht so sehen. Frauen beschweren sich darüber, bedrängt zu werden. Sie beschweren sich über ihre Körper. Sex bedeutet eine Menge Stress für so viele Frauen. Ich dagegen gebe mich dem ganz hin. Ich denke, es ist ein sicherer Ort. Als Frau bin ich mir meines Aussehens sehr bewusst. Ich könnte in den Spiegel schauen und denken: »Du siehst wie eine Äffin aus!« Ich habe eine Menge Probleme mit mir, mit meinem Körper. Ich fühle mich dick und hatte schon immer einen Hängebusen. Meine Brüste waren immer zu groß. Aber in dem Moment, in dem Sex beginnt, spielt das keine Rolle mehr. Du bist sexy und wunderschön. Ich liebe das. Es ist ein wirklich guter Ort für mich, und das war schon immer so.

Ich weiß, dass mich eine ganz besondere Gruppe von Männern anzieht, weil sie immer wieder in meinem Leben aufgetaucht sind. Es ist seltsam, darüber zu sprechen – aber mich zieht es zu halb marokkanischen, halb irakischen Männern mit arabischem Aussehen hin. Sie haben einen besonderen Körpergeruch und lieben eine besondere Art der Zärtlichkeit. Es sind diese Männer, die immerzu anfassen wollen. Auf der einen Seite gibt es Männer, die Angst vor Intimität haben. Sie würden dich nicht umarmen wollen. Und wiederum gibt es solche, die deinen Körper immer nahe an dem ihren haben wollen. Das sind diejenigen, von denen ich mich wirklich angezogen fühle. Glücklicherweise ist das so, denn sie sind perfekt für mich. Ich denke, das ist der Weg, wie du lernst, frei mit Sex umzugehen: Du wählst die richtigen Partner. Ich habe viel über Sex gelernt, aber niemand spricht darüber, insbesondere nicht in

Israel. Hier in Berlin gibt es eine Menge Leute um mich herum, die die ganze Zeit über Sex reden. Das hat mich wirklich verändert.

Ich erzähle euch jetzt, dass ich spritze. Das konnte ich vor zehn Jahren nicht. Ich hätte mich geschämt. Jetzt bin ich siebenunddreißig und lebe in einer offenen Beziehung. Das macht mich zu einer sehr starken und freien Person. Als ich jünger war und mich mit einem Typen traf, dachte ich immer: »Ob er mich mag? Bin ich vielleicht nicht schön genug?« Heute denke ich: »Mag ich ihn?« Beides sind schwierige Fragen, denn ich weiß nicht immer, ob ich ihn wirklich mag. Es ist immer ein völlig neuer Ort, den du betrittst. Du erkennst, dass jede intime Beziehung sich völlig anders gestaltet. Es gibt nicht die eine sexuelle Erfahrung. Jeder Mann, dem ich begegne, löst etwas anderes in mir aus. Jede Begegnung bringt eine andere Form von Sexualität hervor. Es ist nicht möglich, dass der Sex, den ich einmal hatte, einem anderen gleichkommt.

Als ich anfing, darüber zu reden, sagten mir die Leute: »Über Sex wird nicht geredet, Sex wird gemacht!« Und ich sagte: »Nein. Sex ist etwas, worüber du redest.« Ich stimmte ihnen nicht zu. Ich erinnere mich daran, dass ich Leute getroffen habe, für die Sexualität in ihrem Leben die eine große Sache war. Sie schrieben erotische Pornografie und waren diejenigen, die mir sagten: »Du sprichst nicht über Sex. Du machst ihn.« Ich finde dies falsch. Das ist auch der Grund, warum ich diesem Interview zugestimmt habe, auch wenn ich mich dabei nicht gerade behaglich fühle. Ich finde es sehr wichtig, darüber zu sprechen.

Ich sehe Sex nicht als Weg zum Orgasmus. Ich sehe Sex als Ganzes. Es ist wie die Periode. Es gibt Tage, an denen Du keinen Orgasmus erreichen kannst. Das hängt von den Hormonen ab oder ist mit deiner Stimmung verbunden. Manchmal geht es nur darum, den Orgasmus zu erreichen und anschließend in deinem Tagesablauf weiterzumachen. Ich gehe nicht ins Bett und denke: »Jetzt muss ich einen Orgasmus haben!« Es ist OK, wenn da einer kommt. Aber es ist auch OK, wenn keiner kommt. Ich hebe es nicht besonders hervor. Vielleicht geht es mir so, weil der Orgasmus für mich so leicht zu erreichen ist.

Ich denke auch nicht in solchen Kategorien wie: der stärkste oder der schwächste Orgasmus, weil ich tatsächlich fühle, dass es wie bei einer Parabel ist. Dein Körper verändert sich und er bewegt sich in Rhythmen auf und ab. Manchmal wird der Orgasmus sehr stark, manchmal ist er schwach. Es gab eine Zeit, als es mir gelang, viele Male zu kommen. Wir begannen zu zählen. Und er kam schließlich jede Sekunde. Der erste ist schwer zu kriegen und dann kommt der zweite. Und dann kommt er jede Minute, wieder und wieder und schließlich jede Sekunde. Es fühlt sich an, als ob dein ganzer Körper sich schüttelt. Das war vielleicht ein sehr starker Orgasmus. Aber es wiederholte sich und deshalb kann ich nicht sagen, welcher der stärkste war. Ich kann da hinkommen, wenn ich möchte und Zeit dazu habe. Ich denke, der Typ war sehr neidisch. Ich hörte ihn sagen: »Das können wir nie.« Sie sind immer neidisch, dass Frauen multiple Orgasmen haben können. Wenn sie kamen, ist alles erledigt. Wenn wir kommen, fängt alles erst an.

Orgasmen sind immer etwas, was man zusammen macht. Männer werden nach einem Orgasmus müde. Du musst ihm dann sagen: »Nein, ich kann jetzt weitermachen und das oder das tun.« Du musst in der Lage sein, zu sagen, was du brauchst. Andere können niemals wissen, was du brauchst. Es ist immer eine Art von Zusammenwirken. Und dafür braucht man die Sprache. Das ist das Erste, was ein Paar macht: Sie entwickeln eine Sprache. Manchmal kann man es an den Namen sehen, die sie einander geben. Jedes Paar erfindet eine Art Sprache.

Ich habe Freunde, die sich über »Miauen« verständigen. Du besuchst sie in ihrem Haus und sie sagt: »Miau.« Und er sagt: »Miau.« Und so sprechen sie. Sie haben ihre eigene alberne Sprache entwickelt und jedes Paar tut das.

In Zukunft, so hoffe ich, werden wir mehr über Orgasmus sprechen. Je mehr wir uns mitteilen, desto weniger Frauen werden sich vor dem Vergleich mit anderen Frauen fürchten. Wir befinden uns in einem ständigen Zustand des Studiums. Deshalb liegt die Zukunft des Orgasmus in der Kommunikation.

Carolyn (Kanada)
»Deshalb waren diese Orgasmen für mich noch süßer«

Orgasmus ist für mich nicht nur eine körperliche Erfahrung, sondern ein Phänomen, das viel mit Politik zu tun hat. Es geht um die Frage, mit wem man einen Orgasmus hat, ob es sich dabei um ein Vergnügen handelt oder nicht – und ob man dazu gezwungen wurde oder nicht. Das Wort hat eine komplexe Bedeutung, die nicht leicht zu fassen ist. Viele Frauen und Mädchen mussten Missbrauchserfahrungen machen. Ich wurde 1959 geboren und wuchs in einer Kleinstadt in Ostkanada auf. Dort hatte ich keinerlei Zugang zum Lesbischsein. Lesben meiner Generation machten die Erfahrung, dass wir unseren ersten Orgasmus nicht einfach selbst wählen konnten – außer vielleicht durch Selbstbefriedigung. Ich unterdrückte meine Sexualität hundertprozentig, mich selbst habe ich auch nicht berührt.

Bis ich zwanzig war, erlebte ich keine Sexualität. Das Wort lesbisch existierte gar nicht – und ich hatte einfach nur Angst. Und so viel Selbsthass. Mit zwanzig dachte ich dann, dass ich irgendeine Sexualität leben müsse, und legte mir – hundertprozentig gegen meinen eigenen Instinkt – einen Freund zu. Und das, obwohl ich nie Interesse an Männern gehabt hatte. Trotzdem wollte ich irgendetwas erleben und auch von meinen Altersgenossen akzeptiert werden. Ich war sehr athletisch und sportlich aktiv, und meine Freundinnen dort waren – wenn ich heute daran zurückdenke – wohl fast alle Lesben, aber keine hat je ein Wort darüber verloren, es blieb im Schrank.

Sex kann einen Orgasmus erzeugen, ob man mit der Seele dabei ist oder nicht. Wenn ich an Orgasmus denke, denke ich auch daran, dass nicht jede Frau die Chance hat, zu diesen wunderbaren Gefühlen zu kommen. Dass ich zu meinen Orgasmen kam, war eine hart umkämpfte Sache, die Jahre gedauert hat. Ich musste erst durch den Dschungel hindurch, in dem man zur Heterosexualität gezwungen wird, um nicht zur gesellschaftlichen Außenseiterin zu werden. Adrienne Rich nennt dies »compulsory heterosexuality«[1]. So war mein hart umkämpfter Orgasmus eine Art von »defiance«, Widerstand, Ausbruch. Als ich meinen ersten eigenen Orgasmus mit einer Frau erlebte, hatte ich noch im Kopf, was ich davor erfahren habe, was nicht mein Eigenes war. Deshalb waren diese Orgasmen für mich noch süßer. Es war fast ein kämpferischer Akt: Das ist MEIN Orgasmus – Ja! Ich schrie sehr gern dabei, eben weil er so hart erkämpft war.

Was ist es für eine Freiheit, wenn man während der gesamten Kindheit einer Gehirnwäsche unterzogen wurde? Was hatte ich für eine Wahl, als ich zwanzig Jahre alt war? Es war eine Zeit, in der ich nicht selbstbestimmt lebte. Es gab viele Orgasmen in dieser Zeit. Man kann Orgasmen durch einen anderen Menschen, mit einem Vibrator oder durch Selbstbefriedigung auslösen. Als ich jung war, war ich so ängstlich, dass ich nicht masturbiert habe. Mein erster Orgasmus fällt in die Zeit, als ich von der Gesellschaft gezwungen wurde, ein falsches Leben zu führen und ist mir sicherlich mit meinem damaligen Freund passiert, der mich sehr bedrängt hat. Meine Freundinnen dachten damals schon alle, ich sei lesbisch. Aber ich wusste das nicht. Meine Eltern drängten darauf, dass ich heirate. Es bestand sehr viel Druck. Man war mit zwanzig ein Außenseiter ohne Sex. Später habe ich diese Zeit, als ich mit Männern schlief, als Selbstvergewaltigung bezeichnet. Ich wusste, dass ich keinen Sex mit Männern wollte. Ich konnte aber auch nicht formulieren, dass ich Sex mit Frauen wollte. Ich war schon wahnsinnig verliebt in Frauen. Ich kann bis heute all diese Frauen auflisten. Ich war vielleicht einfach sehr verklemmt.

Als ich endlich mit einer Frau schlief, war ich zweiundzwanzig Jahre alt, und in der ersten Nacht lief ein Film in meinem Kopf ab. Es war »The children's hour« mit Audrey Hepburn von 1964. Meine Mutter hatte mich bereits als Sechsjährige vor diesen Film gesetzt, weil sie glaubte, es handele sich um einen Film für Kinder. Es ging um eine Schule, die zwei Frauen aufgebaut haben. Damals endeten fast alle Filme über Schwule und Lesben mit dem Tod einer der Partner. Dies war die einzige Form der Darstellung von lesbischen Inhalten. In dem Film erhängt sich am Ende eine Lehrerin, die eine andere Frau geküsst hat. Dieses Bild von der Lesbe, die sich erhängt hatte, ist mir im Kopf geblieben. Es kam mir wieder, als ich mit der Frau schlief. Wegen dieser Bilder hatte ich so viele Ängste, es gab ja zahlreiche Filme dieser Art. Ich habe nur geweint und negativ geschrien. Diese erste Frau fragte mich immer wieder, ob wir überhaupt weitermachen sollten, weil ich so weinte. Ich wusste, ich will das. Aber ich musste regelrecht gegen Dämonen kämpfen, um an meine Sexualität zu gelangen.

Mit zweiundzwanzig Jahren war ich also soweit, dass ich meine Sexualität mit Frauen in Verbindung bringen konnte. Aber ich war nicht verliebt in die erste Frau, mit der ich schlief. Ich wollte es ausprobieren. Erst drei Jahre später verknallte ich mich in eine Frau. Da kam dann alles zusammen.

Bei dem Wort Orgasmus kommen mir selbstverständlich die schönen Gefühle, wenn alles stimmt, in den Sinn. Ich finde, dies ist schon der intimste Austausch, den man mit einer Partnerin oder einem Partner teilen kann. Ich sehe es als ein großes Geschenk, wenn man bereit ist, dieses Gefühl miteinander zu erleben. Aber auch Komplexität gehört dazu. Kraft assoziiere ich sehr stark mit dem Orgasmus. Ich bin ehemalige Athletin und war im Gewichtheben einmal Vierte der Weltrangliste. Den Schrei, den man beim Gewichtheben ausstößt, um dem Stoß die ultimative Kraft zu geben, verbinde ich sehr stark mit einem Orgasmus. In der Zeit meiner Menstruation fühlte ich mich immer am stärksten. Ich hatte das Gefühl, dass Eisen durch meine Venen fließt. Bei vielen Frauen war eher das Gegenteil der Fall, dass sie in dieser Zeit Schmerzen hatten und keinen Sport machen wollten. Bis heute habe ich das Gefühl, dass mit einem Orgasmus eine bestimmte Art von Stärke ausgedrückt wird.

Ich möchte mit Audre Lorde eine weitere, unter Lesben sehr bekannte schwarzamerikanische Autorin zitieren. Sie hat über den Nutzen der Erotik geschrieben und sagte, wenn eine Frau einen Orgasmus habe, dann wisse man fast um die Stärke, mit der sie ihr Leben leben will.[2] Diese Intensität, diese Stärke ist vielleicht ein Maßstab, wie man leben will. Die Macht, die sich im Orgasmus ausdrückt, möchte man dann im Leben nachahmen und es so intensiv leben. Das finde ich so schön dargestellt. Diese reine Kraft, die durch einen Orgasmus ausgedrückt wird, könnte sagen: So will ich schreiben, so will ich arbeiten und so will ich leben, in dieser Intensität. Frau weiß um diese Möglichkeit der Stärke und will ihr Leben genauso erfahren. Und das war für mich eine lange Entwicklung, bis ich dazu kam. Aber als ich das eines Tages, angeregt durch diese Schriftstellerin, durchdenken konnte, wurde der Orgasmus für mich zu einer Quelle von Macht. Bis heute fühle ich beim Orgasmus: »Whow, ich bin da, ich bin völlig da, voll funktionsfähig, diese Kraft ist immer noch da.« Diese volle, ursprüngliche Kraft verbinde ich mit dem Orgasmus. Für mich hat es bisher nicht nachgelassen, dieses Gefühl: Ich kann die Welt erobern. Ich hoffe, dass dies nicht nachlässt.

Inzwischen habe ich hunderte, wenn nicht tausende sehr starker Orgasmen erlebt. Ab und zu sind sie missraten, aber im Allgemeinen sind sie alle sehr stark. Nach dem ersten Stolpern komme ich sehr leicht und auf verschiedene Weise zum Orgasmus.

Zurück zur Komplexität des Begriffs. Es soll keinen Zwang zum Orgasmus geben, um es Sex zu nennen. In der heterosexuellen Welt spielt das eine große Rolle. Da wird gleich gefragt: »Hast du einen Orgasmus gehabt?« Manche Frauen haben das für sich selbst so definiert, dass es sich nicht um Sex gehandelt hat, wenn der Mann oder auch die Frau keinen Orgasmus hatte. So würde ich Erotik oder Sex nicht definieren. Trotzdem ist es eine sehr schöne Erfahrung, wenn beide Partnerinnen bei einem Zusammensein einen Orgasmus haben. Es ist aber kein Zwang, es ist ein emotional sehr starkes Gefühl. Man hat sich gegenseitig beschenkt.

Es gibt ja verschiedene Ursachen für den Orgasmus. Es muss alles zusammenpassen und hängt davon ab, welche Körperteile berührt werden. Es gibt den All-Orgasmus, der mehr im hinteren Bereich geschieht. Das ist das Strahlen vom Anus aus, das in alle Richtungen geht. Es gibt auch den Klitoris-Orgasmus, der wahnsinnig intensiv ist. Er ist sehr punktiert, wie eine Art Glut. Bei diesem Orgasmus muss ich fast aufpassen, dass ich nicht übertreibe. Das ist wahnsinnig gefährlich hinsichtlich der Intensität. Der vaginale Orgasmus ist für mich organisch. Das ist die rundeste Variante, da habe ich keine Angst vor Krämpfen oder Verglühen. Er strahlt vor allem in den Unterleib, aber auch bis in die Zehen oder in die Brust. Es ist eine Fülle.

Am liebsten schreie ich beim Orgasmus. Dieser Schrei drückt das Wundervolle des Erlebnisses aus. Es ist wie ein positiver Schrei von innen. Für mich ist es diese Kraft, die Teil meines Körpers ist. Ich bin dann auf dem Höhepunkt der Kraft.

Wenn ich mit einer Partnerin zusammen bin, habe ich keine Fantasien beim Orgasmus. In diesem Moment bin ich zu sehr bei dieser Frau und was zwischen uns beiden geschieht. Aber wenn ich allein bin, habe ich fast immer Fantasien. Es sind Szenarien, die ich mir ausdenke. Ich habe schon feministische Pornos geschaut. Meist finde ich Pornos wenig sexy. Das Interessante ist doch immer die Geschichte, wie es zum Sex kommt. Wie kam ich in diese Situation, wie kam die Partnerin dazu? Ohne diesen Verlauf komme ich nicht zum Orgasmus.

In meiner Kindheit gab es teilweise Hintergründe mit Missbrauch. Den Kindern wurde gesagt und gezeigt: Dein Körper gehört nicht dir. Deshalb habe ich diesen politischen Aspekt mit eingebracht. Wie mussten wir darum kämpfen: Mein Körper gehört mir. Du musstest dir deine Sexualität und Erotik neu erobern. Im Moment der Ekstase bist du nicht Herrin deiner Sinne. Du kannst in alte Muster zurückfallen, in denen du verletzt wurdest, Muster, die sehr machtvoll sind. Das ist unausgesprochener Teil der SM-Bewegung und damit zu experimentieren, ist teilweise heilend.[3] Ich war in der Kindheit nur Opfer, und jetzt habe ich die Kontrolle über die Fantasie und die Vergangenheit. Ich kann abrutschen in diese verletzenden Bilder, die nicht Teil meiner Vergangenheit sind. Die Geschichte, Filme und Darstellungen sind voll von Bildern von Frauen als Opfer. In meinen Fantasien bin ich aber nie Opfer. Gewalt gegen Frauen ist eine tägliche Normalität. In meinen Fantasien existieren immer Bilder gegen die Gewalt, in denen ich die Kontrolle habe.

In den achtziger Jahren haben die lesbischen Frauen in Kanada/Montreal eine Bewegung ausgelöst. Es war die Zeit, von der Sprachlosigkeit in die Sprache zu finden. Es wurde überall über Sex gesprochen, es gab Theaterstücke mit Schamlippenkostümen. Ich hatte eine große Dildo-Sammlung. Für uns Lesben gab es schöne Dildos, die nicht wie Schwänze aussahen. Es war wie die Hippie-Zeit für uns. Ich war weit weg von zu Hause, von der Provinz.1991 kam ich nach Berlin. Von 1992 bis 1995 habe ich meine Sex-Gedichte in Lesungen vorgetragen. Ich habe in Englisch gelesen und eine Übersetzerin war dabei. Bis heute kann ich die Gedichte auf Deutsch auswendig, weil ich die Übersetzungen so oft gehört habe.

Ich will, dass jede Frau und jede Lesbe ihren Orgasmus selbst bestimmen kann. Der Orgasmus gehört ihr und nicht der Gesellschaft. Er soll übereinstimmen mit ihrer Seele, mit ihrer Partnerin und ihr selbst. Er darf ihr nicht aufgezwungen sein. Bis heute muss man sich entscheiden, in welchen Situationen man sich outet oder es besser lässt. Zum Beispiel wenn man sich um ein Stipendium bewirbt. Es ist unglaublich, wie oft man diskriminiert wird. Ich differenzierte hier zwischen »Frau« und »Lesbe«, darum haben wir in den achtziger Jahren gekämpft. Man denkt nicht an eine Lesbe, wenn man Frau sagt. Wir haben es auseinandergenommen. Wir geben unsere Lebenskraft und unseren Sex nicht an Männer ab. Die Trennung wurde vorgenommen, um Lesben sichtbar zu machen, dass sie nicht verschwinden unter der Begrifflichkeit »Frau«. Auch wenn das in den Achtzigern war und es inzwischen viele Bewegungen und Gegenbewegungen gibt, kämpfen wir doch immer noch für die Sichtbarkeit. Das gehört zu meiner politischen Agenda.

[1] https://en.wikipedia.org/wiki/Compulsory_Heterosexuality_and_Lesbian_Existence
[2] http://uk.sagepub.com/sites/default/files/upm-binaries/11881_Chapter_5.pdf
[3] Es gibt ein Buch (konkursbuch Verlag, Druckausgabe z. Z. vergriffen, Neuausgabe in Vorbereitung, als E-Book ist der Textteil erhältlich), das diesen Aspekt eindrucksvoll dokumentiert: Claire Garoutte, Matter of Trust / Sache des Vertrauens (zweisprachig Englisch-Deutsch). Es dokumentiert über einen Zeitraum von sieben Jahren in Fotos und überarbeiteten Gesprächsmitschriften einer Gruppe von Lesben, die in einer SM-Family zusammenlebten.

Zoe (Niederlande) »Etwas Elektrisches strömte durch meinen ganzen Körper«

Ich denke, ich hatte meinen ersten Orgasmus als Kind. Ich glaube, es war ein Orgasmus, aber ich bin mir nicht sicher. Ich weiß nicht, wie alt ich war. Ich stand da und meine Eltern sagten etwas – und etwas Elektrisches strömte durch meinen Körper. Ich war erschrocken und vielleicht sogar schockiert. Es fühlte sich nicht so an, als dass ich es hätte zeigen oder teilen können wie: »Oh, Mama, Mama, was ist passiert? Hör mal, was mir heute Nachmittag passiert ist.« Nein. In diesem Moment war es ein gutes Gefühl, aber ich wusste nicht, was es war. Später dachte ich dann: »Was war das nur?« Und ich behielt es in Erinnerung; es war noch irgendwo in mir drin.

Ich denke der erste Orgasmus, an den ich mich wirklich erinnern kann, geschah mit meinem ersten Freund. Es war großartig. Es war aufregend. Vermutlich werde ich die ganze Zeit lachen müssen, während ich es erzähle. Ich bin nicht daran gewöhnt, über diese Dinge zu sprechen. Ich wurde davon überrascht. Wir waren nackt und wir küssten uns, und er war noch gar nicht so weit, in mich zu kommen. Aber dicht davor. Und ich denke, der Orgasmus kam, bevor er in mir war. Es ist seltsam, dass ich mich nicht genau daran erinnere. Als ich zuerst über meinen ersten Orgasmus befragt wurde, erinnerte ich mich eigentlich nur an das Erlebnis aus der Kindheit. Aber jetzt denke ich auch an dieses Erlebnis, und ich denke, mein Freund bemerkte auch, dass es ein Orgasmus war, aber ich bin mir nicht sicher. Das ist so lange her – zu lange, um den Moment wirklich festhalten zu können. Aber ich weiß, dass ich den Orgasmus nicht versteckte. Er ist etwas Schönes. Etwas, dass man teilen kann. Er ist nichts Geheimes.

Meinen stärksten Orgasmus hatte ich mit mir selbst. Es hilft mir, wenn ich zu mir selbst »Ja!« sage, während ich es tue – ich ermutige mich. Normalerweise denke ich immer, die übertreiben, wenn ich einen Film sehe oder so was. Warum schreien sie so? Aber es hilft, wenn du es herausschreist und kommen lässt. Und »Ja!« sagst. Das ist es, was ich den Leuten mitteilen würde, wenn ich ihnen helfen wollte. Als ich es das erste Mal ausprobierte, konnte mich niemand hören. Ich sagte es nicht sehr laut. Ich sagte es, ich schrie es nicht. Ich bin nicht der Typ, der es herausschreit, so wie das manche anderen tun. Ich bin eher eine, die still umarmt. Aber das hilft auch. Und ich fühle mich großartig dabei. Es ist ein Prozess. Es ist so, als würde ich mich selbst coachen und dabei erlauben, die Frau zu sein, die ich bin. Es hilft mir dabei, unabhängiger zu werden. Ich denke nicht, dass ich meinen stärksten Orgasmus schon hatte. Ich arbeite darauf hin.

Ich habe Fantasien, wenn ich mir einen Orgasmus mache. Sie haben natürlich etwas mit anderen Menschen zu tun. Schöne, große, braune Männer. Aber ich komme auch ohne Fantasien zum Orgasmus. Ich kann mich an meinem Körpergefühl erfreuen, ohne dass ich meine Gedanken nutze, um mich zusätzlich zu stimulieren. Mein Körper genießt sich einfach selbst, ohne irgendwelche Bilder. Ich denke, mit Bildern im Kopf ist es besser, bin mir aber nicht sicher. Ich bin immer noch dabei, das herauszufinden.

Ich habe noch nicht über die Bedeutung des Orgasmus für die Zukunft nachgedacht. Man hört oder liest recht häufig, dass Frauen nicht befriedigt sind. Wenn das Thema öffentlich gemacht wird, wenn es mehr Beachtung findet und als ein Thema, über das kommuniziert werden sollte, ernst genommen wird, dann wird es vielleicht leichter sein, den Orgasmus zusammen mit einem anderen Menschen zu erreichen, ganz gleich, ob Frau oder Mann. Orgasmus gehört nicht nur den Männern, er gehört den Frauen genauso. Es ist wesentlich, dass sie gleichberechtigt Lust daran haben können.

Catherine (Frankreich)
»Er bat mich, ihm direkt in die Augen zu schauen«

Es scheint mir so zu sein, dass Orgasmus ein Gefühl ist, welches wir erleben, wenn wir im Grunde nicht mehr länger die Kontrolle haben. Deshalb befinden wir uns in einem psychologischen Zustand, in dem wir dem, was wir durchleben und erfahren, keine Bedeutung mehr zuordnen können. Einige sprechen von einem inneren Erlebnis. Andere sprechen von den äußeren Bedingungen, die sie zum Orgasmus bringen. Orgasmus zu definieren ist sehr schwierig. Was mich betrifft, so lautet die Antwort: Es ist ein Erlebnis von größtmöglichem Vergnügen. Mit anderen Worten: wir können uns nichts vorstellen, was mehr Freude bringt. Man könnte sagen, für mich gibt es keine größere Zufriedenheit im Leben als diese. Gleichzeitig allerdings ist dies immer eine nach innen gerichtete Angelegenheit und erst im Nachhinein können wir über den Orgasmus sprechen.

Ich erinnere mich an meinen ersten Orgasmus. Ich habe gerade in Frankreich das Buch »*Kindheitsträume*« herausgegeben – eine Geschichte über meine eigene Kindheit. Und durch diese Geschichte konnte ich mich an das erinnern, was mir als der erste Orgasmus meines Lebens erscheint. Es war ein Orgasmus, der nicht durch einen Mann ausgelöst wurde, sondern durch ein Bild. Ich ging mit meiner Mutter und meinen Bruder ins Kino. Wir sahen einen amerikanischen Film: »*Die Kanonen von Navarone*«. Die Hauptrolle spielte Gregory Peck und ich fand ihn sehr, sehr attraktiv. In dem Moment, als er seine Leinwandpartnerin umarmte, durchströmte mich ein so lustvolles Gefühl, wie ich es nie zuvor erlebt hatte. Ich begann, mich innerlich ganz weich zu fühlen; ich befürchtete sogar, dass meine Mutter und andere neben mir meine Gefühle sehen könnten. In den folgenden Jahren erlebte ich das gleiche intensive und sinnliche Gefühl sehr häufig, wenn ich ein küssendes Paar auf dem Bildschirm sah. Das Seltsame ist, dass ich ein junges Mädchen war, das bereits eine große praktische Erfahrung mit Masturbation hatte. Ich hatte also solche Gefühle schon erlebt, aber dies ohne mein eigenes Zutun nur durch das Erleben eines Bildes war viel stärker als das, was ich vorher gekannt oder erlebt hatte.

In diesem Moment – ich mag vielleicht dreizehn oder vierzehn gewesen sein, nicht älter, erlebte ich meinen ersten Orgasmus, ohne dass ich wusste, was es war, ohne zu wissen, dass es Orgasmus genannt wird. Aber es war ein sehr wildes und sehr befriedigendes Gefühl. Orgasmus ist eine Lust, die dich fast trotz dir selbst vereinnahmt, wenn du es am wenigsten erwartest. Er überrumpelt dich brutal, so wie es mir im Kino geschah.

Ich kann euch von zwei Erinnerungen hinsichtlich meines stärksten Orgasmus berichten. Ich habe eine Erinnerung an mein sexuelles Leben, als ich einen besonders starken Orgasmus mit einem Mann erlebte, den ich nicht kannte. Ich erlebte dieses Vergnügen in dem Moment, als er mich bat, ihm in die Augen zu schauen. Es passierte, während wir uns liebten, und während dieses Aktes bat er mich, ihm direkt in die Augen zu schauen, was ich tat. Das muss den Orgasmus ausgelöst haben. War es die Tatsache, ihm während des Koitus direkt in die Augen geschaut zu haben? Mit Sicherheit ja. Dies ist die eine Erinnerung, die andere ist die an das Zeigen meiner Genitalien Jacques, meinem Ehemann, gegenüber, aber von einer gewissen Distanz aus. Im Liebesakt bewegte ich mich rückwärts, um mich ihm zu zeigen, um ihm meine Genitalien aus der Entfernung vor seinen Augen zu exponieren. Für mich war das eine Quelle der Lust, die sehr intensiv und stark war.

Diese verschiedenen Erfahrungen – im Kino, das direkte in-die-Augen-Schauen und mich Jacques von Weitem zu zeigen – machen meine Augen wohl zu meinem wichtigsten Sexualorgan. Ich muss lachen, wenn ich das sage, aber vielleicht kommen Begehren und Lust bei mir über die Augen. Mit Jacques kam der Orgasmus durch den Akt des Zeigens, weil ich mich ihm einfach so zeigen konnte, aber auch durch seinen Blick. Ich denke, es war sein Blick, der mir diese Freude brachte.

Ich habe Fantasien, wenn ich alleine bin, aber nicht, wenn ich mit einem Partner zusammen bin. Wenn ich mit einem Partner zusammen bin, dann bin ich vollständig mit meinem Partner zusammen. Er selbst kann Fantasien haben, aber ich nicht so sehr. Ich bin in diesem Moment wirklich vollständig von dem Akt eingenommen. Auf der anderen Seite habe ich einen großen Bedarf an Fantasien, wenn ich masturbiere – die Filme in meinem Kopf, die ich neu zusammenstelle. Fantasien sind sehr individuell, aber gleichzeitig sind die Szenen immer wieder ein wenig ähnlich. Manche stellen sich unterschiedliche Partner vor, es gibt unterschiedliches Verlangen oder die äußeren Umstände können verschieden sein, doch ich denke, dass Fantasien sehr stereotyp sind. Eine der wirkungsvollsten Fantasien für viele Frauen ist die, dass sie das Objekt der Begierde von vielen Männern auf einmal sind. Ich vermute, dass dies eine weit verbreitete Fantasie ist, die häufig passiert, auch wenn sie nicht zugegeben wird.

Du kommst aus einem Orgasmus mit einem – wenn ich das so sagen darf – mit einem Gefühl der absoluten Erfüllung heraus. Alle deine Erwartungen wurden erfüllt. Und wenn du dich in dieser Situation befindest, dann bist du sehr empfänglich dafür, andere zu lieben, die Welt zu lieben, das Leben zu lieben. Und du vergisst für einige Sekunden alles, was schlecht ist auf dieser Welt. Trotz all der schlechten Dinge bist du mit der Welt und dem Leben versöhnt. Ich denke, das ist die Rolle des Orgasmus. Er gibt dir dieses Gefühl der Erfüllung, das es dir erlaubt, nicht länger zu erwarten, dass du etwas bekommst, sondern jetzt etwas zu besitzen, das du anderen geben kannst. Dies dauert nicht an; das Leben und seine Herausforderungen kommen zurück. Aber für einen Moment sind wir bereit, großzügig zu sein. Ich denke, das ist eine der Hauptfunktionen.

Sehr häufig musst du beim Orgasmus weinen. Du brichst in Tränen aus. Du beginnst zu schluchzen. Er gibt eine große Befriedigung und gleichzeitig ein Gefühl von Verzweiflung. Weil du in diesem Moment tatsächlich den Kontakt zu dir selbst verloren hast, was einen Augenblick des Verlorenseins und den Eindruck, dass wir von innen entleert sind, hervorrufen kann. Genau in diesem Moment weine ich manchmal. Im nächsten Moment ergibt sich das Gefühl der Fülle, die Leere wird durch diesen tiefen Frieden ersetzt, diesen Wunsch, sich jemandem vollständig hinzugeben, alles zurückzugeben, was du erhalten hast.

Gudrun (Deutschland) »Die Fantasie, gefesselt zu sein und nichts dagegen tun zu können«

Für mich hat sich die Bedeutung des Orgasmus über die Jahre hinweg verändert. Als ich sehr klein war, stimulierte ich mich selbst, ohne zu wissen, was ich tat oder wie ich es nennen sollte. Nachdem ich begonnen hatte, Sex mit Männern zu haben, war ich unsicher, was ein Orgasmus wirklich war. Ein Mann fragte mich: »Hattest du einen Orgasmus?«, und ich antwortete: »Klar, hatte ich«, ohne sicher zu sein, was es war. Es fühlte sich sehr anders an als das, was ich fühlte, wenn ich ihn mir selbst machte. Es dauerte lange, bis ich einen wirklichen Orgasmus mit einem Mann hatte – ich war dann achtundzwanzig. Ich hatte das Gefühl, dass irgendetwas verkehrt mit mir war, dass ich nicht normal war, weil alle Frauen um mich herum Orgasmen zu haben schienen. Aber ich hatte dennoch Spaß am Sex. Ich lernte, mich an dem gesamten Gefühl, das mit Sexualität verbunden ist, zu erfreuen. Und es war nicht immer wichtig, einen Orgasmus zu haben; in Wirklichkeit ist Sex ohne einen Orgasmus auch wundervoll für mich. Nach einiger Zeit begann ich mich selbst zu stimulieren, während ich Sex mit einem Mann hatte. Und das ist zu einem natürlichen Teil meines Sexlebens geworden, sodass ich heute sehr oft zum Orgasmus komme.

Ich denke, ich hatte meinen ersten Orgasmus, als ich so neun oder zehn war. Ich lebte in der DDR und in der Schule wurde mir ein Buch über den Vietnam-Krieg zu lesen gegeben. Es war sehr ideologisch, mit bösen Amerikanern, die die armen Vietnamesen quälten. Ich war besonders verstört durch ein Kapitel, wo zwei Soldaten eine Frau folterten, die an einen Tisch gebunden war. In diesen frühen Vorstellungen fühlte ich, dass dies etwas mit den Geschlechtsteilen zu tun hatte, allerdings wusste ich nicht, was. Instinktiv berührte ich mich selbst, und mein ganzer Körper geriet unter Spannung. Obwohl ich keinen Ton von mir gab, hatte ich einen Orgasmus, alles fühlte sich gelöst an und die Spannung fiel ab. Von diesem Moment an wurde es zur Besessenheit. Ich machte es zehnmal oder öfter am Tag. Jeden Tag: Im Bett, im Badezimmer oder sogar auf dem Sofa mit einer Decke über mir, darauf hoffend, dass meine Eltern, die sich im selben Raum befanden, nichts bemerkten. Es wurde wirklich zu einer Obsession. Ich kann immer noch die Brutalität der ersten Fantasie heraufbeschwören, und dies ist häufig ein Trigger für meine Fantasien.

Als ich jung war, hatte ich ernsthafte psychologische Probleme mit Schuld und Depression und sogar mit Selbstmordgedanken. Einige Jahre lang, ab dem Alter von zwölf, hatte ich sexuelle Beziehung mit einem älteren Mann, einem entfernten Verwandten. Es war nicht wirklich eine schreckliche Erfahrung – er war sehr freundlich zu mir – aber es war sexueller Missbrauch. Und es verschlimmerte diese Gefühle der Schuld, die ich außerhalb der sexuellen Realität empfand, sehr. Die Fantasie, festgebunden zu sein und nichts tun zu können, ist ein Ausweg für mich. Da gibt es keine Schmerzen und ich kann nichts dagegen tun. Jemand macht etwas mit mir oder ich muss etwas tun, was ich nicht will, und es ist nicht meine Schuld.

Die andere Fantasie, die ich manchmal habe, ist eine exhibitionistische. Ich bin allein oder zusammen mit einem Mann auf einer Bühne und andere Männer beobachten mich oder uns, während wir Sex haben. Manchmal sehe ich, wie das Publikum ebenfalls Sex hat oder die Männer masturbieren.

Es gibt einige Orgasmen, die ich als sehr stark in Erinnerung habe. Aber ich weiß nicht, ob sie die stärksten sind, die ich je hatte. Meistens erinnere ich mich daran wegen der außergewöhnlichen oder verrückten Umstände, unter denen sie geschahen. Eine dieser Situationen war nach einer Party mit zwei Kollegen in einem Büro. Es war spät und wir kamen zusammen, kuschelten und streichelten einander, aber hatten keinen wirklichen sexuellen Verkehr. Die Männer saßen auf Stühlen; einer hielt mich und der andere brachte mich mit seiner Zunge zum Orgasmus. Später hatte ich sogar einen noch stärkeren Orgasmus: Ich fuhr einen der Männer in meinem Auto nach Hause. Es war sehr spät und wir hielten in der Mitte eines freien Platzes an. Rund herum gab es niemanden. Kurz bevor wir Auf Wiedersehen sagten, fasste mich der Mann wieder an und rieb mich, durch meine Kleidung hindurch. Ich erinnere mich, wie seine Hand mich durch den Jeansstoff hindurch berührte, während ich am Steuer saß. Und das Auto fühlte sich an, als würde es gerüttelt.

Das alles passierte während einer Zeit, als ich sehr verliebt in den Mann war, der mir meinen ersten gemeinsamen Orgasmus gegeben hatte. Leider hatte ich die Beziehung verdorben und es passierte einige Wochen später. Einerseits fühlte ich, dass ich nichts zu verlieren hatte, anderseits hatte ich entdeckt, dass ich mit einem Mann zum Orgasmus komme und wollte mehr davon. Eine Zeitlang hatte ich sehr viel Freude daran.

In der Vergangenheit hatte ich hauptsächlich Sex mit Männern, die ich nicht so gut kannte und wo der Sex selbst nicht immer so toll war. Wenn der Sex wunderbar war, hatte ich oft keinen Orgasmus. Ich denke, es ist eine Frage von Vertrauen. Ich konnte mich bei einer kurzen Begegnung fallenlassen, weil ich wusste, er würde mich emotional nicht verletzen können. Bei Männern, mit denen ich eine Art Beziehung hatte, achtete ich wachsamer darauf, nicht verletzt zu werden.

Jetzt habe ich eine liebevolle und vertrauensvolle Beziehung mit meinem Ehemann und wir lieben einander sehr. Das Vertrauen ist da und ich fühle mich sicher in seinen Armen. Häufig brauche ich sehr viel Zeit, um einen Orgasmus zu erreichen. Vielleicht zwanzig Minuten, vielleicht dreißig oder mehr, ich weiß es nicht. Ich habe eine Freundin und sie ist völlig anders: Sie kann zehnmal kommen in der Zeit, die ich für einen Orgasmus brauche. Die meisten Männer, die ich kannte, wurden ungeduldig. Ich sagte dann immer: » Oh, es dauert zu lange – mach dir nichts draus, das wird nichts!« und sie gaben auf. Mein Mann, der sehr leidenschaftlich sein kann, ist auch sehr geduldig. Wenn ich denke, dass es zu lange dauert, macht er einfach weiter, indem er sagt: » Es macht nichts, wenn du nicht kommst.« Das nimmt mir den Druck und oft kann ich mich dann hingeben und habe einen tollen Orgasmus.

Für mich können Orgasmen sehr verschieden sein. Manchmal sind sie sanft wie eine Meereswoge, die über mich hinwegrollt. Zu anderen Zeiten sind sie heiß und mein ganzer Körper vibriert. Manchmal habe ich das Gefühl, höher und höher zu kommen. Doch bevor ich den Höhepunkt erreiche, ist bereits so ein sanfter Orgasmus da. Es ist wie eine große Schaumwelle, die ein wenig zu zeitig bricht und sich ohne Krachen fröhlich in Spritzern auflöst. Bei einem Orgasmus ist es auch so: wenn ich zu erregt bin, wird der Orgasmus gewöhnlich sanft.

María (Kolumbien) »Schon Pinselstriche über meinen Körper können mich zum Orgasmus bringen.«

Ich liebe es, Federn zu spüren oder von Dingen berührt zu werden, die weich sind – sogar ein Pinselstrich über meinen Körper kann mich zum Orgasmus bringen. Seit ich meine Brustimplantate erhielt, genieße ich es, meinen Körper zu zeigen. Ich habe mehr Selbstvertrauen, Fantasien zu erkunden. Ich habe den Eindruck, dass die Frauen in meinem Heimatland Kolumbien offen über Sexualität reden, aber sie widmen dem Mann zu viel Aufmerksamkeit, statt sie sich selbst zu schenken.

Dragonfly (Vereinigte Staaten) »Der Orgasmus macht Männer und Frauen gleichberechtigter«

Wenn ich Orgasmus definieren möchte, kann ich mit dem medizinischen oder klinischen Aspekt beginnen. Orgasmus ist ein körperlicher Reflex. Ein vergnüglicher Reflex, ähnlich dem Niesen oder einem Schluckauf oder wie dein Knie zappelt, wenn der Arzt es mit seinem Hammer trifft. Ich scherzte oft, wenn Leute niesten: Du weißt, dass das ein Reflex wie der Orgasmus ist. Vermutlich könnte ich also einerseits sagen, dass er wie genitales Niesen ist. Wenn ich aber frage: Was bedeutet Orgasmus für mich?, dann finde ich eine ganz andere Definition, die um vieles subjektiver und schwieriger zu formulieren ist. Und ich denke, dass meine jüdisch-christliche Erziehung die Ursache für diese verquere Beziehung zum Orgasmus ist. Denn Orgasmus ist entweder das Tor zum Allerheiligsten, und zwar bezogen darauf, dass zwei Menschen sich vereinigen und in diesem Moment Leidenschaft und Liebe und hoffentlich auch Freude erfahren. Andererseits kann es das Tor zu dem sein, was viele Menschen als das »Unanständige« betrachten, was ... nun ja, sogar das ist subjektiv. Ich denke, jetzt im Ernst: Viele Menschen sehen bestimmte Dinge als pervers an, zum Beispiel Homosexualität oder BDSM (bondage and discipline/dominance, sadism and masochism) und Fetische. Für mich ist keines dieser Dinge pervers. Für mich sind diese Dinge nur dann unanständig und pervers, wenn sie ohne das Einverständnis der Beteiligten ablaufen, wenn sich jemand dabei nicht wohlfühlt oder sich jemand dadurch schlecht fühlt – und zwar schlecht in einem Sinne, wie er/sie sich nicht fühlen möchte, denn in einem BDSM-Zusammenhang muss dies entsprechend eingeschätzt werden. Und daher gibt es vermutlich eine weitere Möglichkeit der Zusammenfassung. Für mich, ich bin in BDSM-Begegnungen eher dominant, kann Orgasmus so etwas wie ein Gebet im Namen von Empfindsamkeit und Sexualität sein. »Ich gebe dir und jedem und allem meinen verrückten Segen, weil alle und alles es verdienen, zu kommen.«

Ich glaube, ich war zehn Jahre alt, als ich meinen ersten Orgasmus erlebte. Ich spielte mit diesem Duschkopf herum, den man wie einen Telefonhörer in der Hand hält. Wahrscheinlich ist das keine einzigartige Erfahrung. Ich wusste nicht, was ich damit tat. Solche Duschköpfe machen einfach Spaß – sie bringen dich dazu, dass du alles reinigen willst. Und als ich duschte, um »das Ding« zu waschen, war es auf einmal »ohhh! Wowww!« Also duschte ich viel und lange – sodass meine Mutter zu sagen pflegte: »Da gibt es doch gar nicht so viel an dir zu waschen! Was machst du denn da drin?!«

Deinen ersten Orgasmus zu haben ist nicht das Gleiche wie deine erste sexuelle Erfahrung. Sehr oft gehen diese beiden nicht Hand in Hand, für Frauen sowieso nicht und für Jungs wohl genauso. Aber ich denke, dass es wichtig für eine Frau ist, ihren eigenen Körper kennenzulernen, und ich verstehe heute, dass ich während all der Jahre des Heranwachsens dabei war, mich selbst kennenzulernen. Somit ist dies genau genommen ein Akt der Selbstliebe. Aber dann ist da wieder dieses Gefühl, sich ein wenig schmutzig vorzukommen – wegen der Art und Weise deiner Erziehung. Ja, wahrscheinlich habe ich gespritzt, aber da ich unter der Dusche war, wusste ich es nicht, doch später habe ich erkannt, dass ich wahrscheinlich auch gespritzt habe – unter der Dusche. Was tatsächlich ein gutes Training ist, denn ich denke, oftmals unterdrücken Frauen diese Reaktion, und wenn du in der Dusche bist, gibt es keinen Grund dafür.

Ich komme niemals nur durch meine Finger zum Orgasmus, und ich bedauere das irgendwie ein wenig. Vielleicht bin ich träge oder ungeduldig oder verwöhnt, ich weiß es nicht. Vielleicht habe ich mich selbst verdorben, aber ich brauche immer irgendein Hilfsmittel, um mir selbst einen Orgasmus zu bereiten. Deshalb würde ich sagen, dass es einen zweiten ersten Orgasmus gab: das erste Mal, als ich einen Vibrator benutzte. Das war am Anfang des 3. Semesters meines College-Studiums, ich war also achtzehn. Und es gab einen Buchladen für Erwachsene in meiner Straße. Das ist witzig, weil ich mir keine gute Pornografie besorgte. Es war diese Comic-Buch-Pornografie – Cherry – falls Ihr Euch an Cherry Poptart erinnert oder die Archie Comics – Archie und Veronica und wie sie alle hießen – gezeichnet in genau dem gleichen Stil. Aber in dem Comic, das ich kaufte, war Cherry eine absolute Schlampe. Und genau so waren ihre Mutter und ihre Freundinnen. Und ich erinnere mich daran, wie ich fühlte: »Das wird absolut cool, man!« Ich denke, das war auch das erste Mal, dass ich Haschisch rauchte. Ich war berauscht und abends schaute ich mir dieses Comic-Buch an und nahm meinen ersten violetten Vibrator zur Hand. Und sobald ich ihn an meine Klitoris gelegt hatte, schoss das Wasser aus mir heraus. Da begriff ich: Genau das war unter der Dusche passiert! Es war wie ein Strom von heißem Saft, und weil ich auf dem Boden kniete, ergoss er sich direkt auf den Teppich. Ich fühlte: »Oh, mein Gott!« Zunächst war ich fürchterlich erschrocken, weil es so schnell passierte, dass ich noch nicht einmal die Chance hatte, mich zu steigern, es war wie: »Pssssssh-wow!« Und deshalb sage ich, dass ich zwei erste Orgasmen hatte.

Nach und nach war ich in der Lage, mich mit dem Duschkopf zum Orgasmus zu bringen, aber nicht beim ersten Mal. Das allererste Mal war, glaube ich, einfach nur ein Reflex. Etwas hatte meine Klitoris stimuliert und das war nie zuvor geschehen. Also hatte ich auch keine Chance, es psychologisch mit irgendetwas zu vergleichen. Und als ich es zum ersten Mal mit dem Vibrator machte, da war es genauso: Ich dachte, ich müsste mich da hineinsteigern, doch meine Klitoris war noch nicht auf diese nagelneue Elektrobatterie vorbereitet. Ich wurde also beide Male völlig überrascht. Allerdings auf eine gute Art und Weise – es tat absolut nicht weh. Ich denke, ich war fasziniert von meinem eigenen Körper. Davon, dass er so reagieren konnte. Und als ich bei diesem ersten Mal mit dem Vibrator spritzte, fragte ich mich natürlich, ob ich mich selbst bepinkelte. Aber ich war immer ziemlich wissbegierig, ja fast wissenschaftlich interessiert an allem, auch und besonders an Sex, ob ihr das glaubt oder nicht! Aber dass solch eine Sache wie weibliche Ejakulation existiert – das wusste ich nicht. Das war wirklich witzig. Denn als ich etwas über feuchte Träume hörte, war ich neidisch; ich fragte mich selbst: Warum können nur Jungs feuchte Träume haben, warum kann ich keine haben? Das hört sich so toll an! Ich möchte aufwachen und merken, dass ich einen Orgasmus während meines Traumes hatte – das wäre cool.

Ich finde an Wasser faszinierend, dass es so beruhigend, aber auch sehr zerstörend sein kann. Für mich ist Wasser das femininste Element von allen. Ich denke, es repräsentiert auch die Macht des Frauseins: wir können sehr beruhigend, aber auch sehr zornig, sehr zerstörerisch sein. Wenn unsere Güte als Schwäche ausgelegt wird, kann sie sich in einen Tsunami oder Hurrikan verwandeln. Deshalb sehe ich Wasser als weibliche Energie. Manchmal kann die Bewegungsenergie, die männliche Energie, kaum erfassen, wie sie sich dem Wasser nähern könnte. Frauen fühlen sich wie das Wasser. Wir sind nicht nur in einem Zustand. Wir können sanft oder reißend fließen; wir können ein friedliches oder ein stehendes Gewässer sein. Du kannst uns nicht in eine Schublade packen; unser Verhalten kann nicht vorhergesagt werden. Wir können am Siedepunkt sein oder tief gefroren. Doch wir sind lebensnotwendig. Deshalb ist Wasser wie die ultimative Essenz des Frauseins.

Der eine Orgasmus von den vielen oder vielleicht auch nicht so vielen in meinem Leben, der mir besonders in Erinnerung geblieben ist, geschah, als ich mit meinem ersten Ex-Verlobten zusammen war. Wir waren in meinem Zimmer, in dem ich aufgewachsen war. Dieser Orgasmus war so verrückt, dass ich schrie und mich gleichzeitig versehentlich verschluckte. Ich schrie und rang um Luft, weil sich durch mein Keuchen etwas in meiner Kehle festgesetzt hatte. Ich konnte schreien, weil ich wusste, dass meine Mutter nicht zu Hause war – oder zumindest hoffte ich in diesem Moment, dass sie nicht da war. Ich denke, es war einfach die Art, wie ich keuchte; vielleicht war es ein Staubkörnchen oder etwas Speichel, der den falschen Weg genommen hatte. Aber da war etwas Besonderes an der Art, wie ich um Luft rang und schrie – es war wie eine ekstatische Erdrosselung. Was mich sogar fragen lässt – verdammt noch mal – wenn ich mich nicht verschluckt hätte, dann wäre der Orgasmus vielleicht noch stärker gewesen! Es war so, als wenn du unmittelbar vor dem Höhepunkt bist und du wirst falsch berührt: Ahh, fast! Mir war alles egal, ich schrie sowieso. Und ich denke, es war auch diese Gewagtheit – gerade ist mir eingefallen, dass ich wahrscheinlich auch spritzte. Weil er wahrscheinlich auch der einzige Liebhaber meines Lebens ist, bei dem ich fühlte, dass er mein sexueller Seelengefährte ist. Und er wusste, wie er mich zum Spritzen bringen konnte. Wir hatten immer ein Handtuch und ein dickes Kissen in unserer Nähe. Und bei diesem Orgasmus strömte wahrscheinlich eine mächtige Welle aus mir heraus, weshalb ich in dieser Weise schrie.

Meine Masturbationsfantasien gehen auf das zurück, was ich vorhin sagte: Orgasmus als das Tor zum Allerheiligsten und zum Unanständigen. Idealerweise wünsche ich mir Orgasmen, um eine bestehende ehrliche Verbindung mit jemandem zu festigen und zu zeigen und es somit zu einem spirituellen Erlebnis zu machen. Aber ich habe seit Jahren keinen Liebhaber gehabt, von einer Beziehung zu jemandem, dem ich mich völlig hingeben kann, ganz zu schweigen. Und deshalb scheint es so zu sein, dass mein sexuelles Leben entweder komplett einschläft – denn ich hatte lange Phasen des Zölibats – oder ich habe Fantasien, die mehr in Richtung des Unanständigen gehen – wie Orgien oder Sex mit verschiedenen Männern. So was in der Art. Anonymer Sex, für Sex bezahlt werden – so ungefähr alles, was Vanilla-Sex-Leute (Menschen, die »normalen« Sex haben) als verkommen charakterisieren würden.

Ich glaube nicht, dass es für mich möglich wäre, ohne Fantasien zum Orgasmus zu kommen. Ich denke, es muss immer eine Art von Geschichte damit verbunden sein. Ich weiß, dass Männer visuell sind. Für sie reicht es meist aus, etwas zu sehen. Aber für mich als Frau – und ich kann natürlich für die meisten Frauen sprechen – muss eine Erzählung dabei sein, eine Art Geschichte oder Hintergrundgeschichte. Bin ich eine Stripperin und mache schmutzige Sachen in der hintersten Ecke des VIP-Bereichs? Oder bin ich in einem Zug? Habe ich diese Männergruppe verführt oder haben sie mich angemacht? Es scheint so, als ob die Motivation und die Fantasie sogar die Spannkraft des Orgasmus verändert. Ich finde es allerdings wirklich seltsam, dass es mir sehr schwer fällt, mit Hilfe einer romantischen Fantasie zum Orgasmus zu kommen. Und ich denke, dass dies deshalb so ist, weil eine ganz besondere Energie entstehen muss – es geht nicht bloß um einen Schwanz, der an einem Mann hängt. Es geht darum, in jemanden oder etwas verliebt zu sein. Bei mir funktioniert es also nicht einmal, Fantasien mit Prominenten zu entwickeln. Um eine Liebesfantasie zu haben, muss ich eben verliebt sein.

Was die Rolle des Orgasmus für die Zukunft betrifft, meine ich, wir befinden uns schon in der Zukunft. Ich habe mich gerade mit einer wirklich guten Freundin darüber unterhalten, weil wir den Dokumentarfilm »Inside Deep Throat« gesehen haben. Ich denke, dass der Film »Deep Throat« in den 70er Jahren deshalb eine derartige Kontoverse im Kongress auslöste, weil er eine Frau zeigte, die Lust empfand, weil Männer unfähig waren, das Konzept des Orgasmus einer Frau wirklich zu begreifen und zu akzeptieren. Und genau das war das Radikale, was sie für ungehörig hielten. Es ging nicht um den Inhalt. Es war der Fakt, dass vaginaler klitoraler Orgasmus unerhört war. Für mich war dies der Beginn der Zukunft, in der wir uns jetzt befinden. Und ich finde, dies ist typisch für die Art, wie Männer die Befreiung der Frau manipuliert haben. Sie wollen nicht wirklich, dass wir frei sind, es sei denn, wir befreien unsere Brüste und Ärsche für sie. Das ist es, was sie befreien wollen, alles andere: nicht. Warum? Wenn wir unser Recht auf Vergnügen und Orgasmus beanspruchen, dann bedeutet das für sie, dass sie sich anstrengen müssen. Und das wollen sie nicht. Das wäre die Aufgabe eines Status und eines Privilegs, welches sie nicht abgeben wollen. Darum bin ich im Zölibat. Darum, weil ich nicht auf One-Night–Stands vertraue. Warum nicht? Weil da ganz einfach eine zwei- bis dreimal höhere Chance für ihn besteht, dass er mehr davon haben wird als ich. Es gibt also umso mehr Grund dafür, warum ich als eine Frau, die die völlige Macht hat und mit sich selbst zufrieden ist, dann sagen würde: »Weißt du was? Wenn ich mich mit dir auf einen One-Night-Stand einlasse, dann sollte ich bezahlt werden.« Damit kommst du auf ein für die meisten Männer sehr gefährliches Terrain. Deshalb wird jede Frau, die auch nur so denkt, dämonisiert. Weil sie nämlich ihre Grenzen kennt und um ihre Macht weiß.

Woher soll ich wissen, ob er mich zum Orgasmus bringt oder nicht? Woher weiß ich, ob er überhaupt genug in der Hose drin hat, dass ich etwas fühlen kann? Woher weiß ich, dass das, was an ihm dran ist, bei mir funktioniert? Da war einmal ein Typ, der mich gebissen hat. Ich sagte: »Was zum Teufel soll das?« Er hat mich völlig abgeturnt. Dabei war er sogar teuflisch sexy, aber er hat mich gebissen! Das war nicht so recht mein Ding. Und dann war er sauer, weil ich mich nicht von ihm beißen ließ. Und so endeten wir in einer Sackgasse. Ich denke, Männer haben fast immer die Garantie zu kommen, egal was passiert. Ich nicht! Bezahl mich! Wie wäre es damit: Du machst, dass ich einmal komme, und ich gebe Dir die Hälfte Deines Geldes zurück. Du lässt mich zweimal kommen und ich gebe dir dein ganzes Geld zurück. Du lässt mich zweimal kommen und spritzen und ich mache dir danach ein gottverdammtes Sandwich.

Um auf »Deep Throat« zurückzukommen – heute gibt es den Film überall im Internet. Er ist offiziell nicht mehr verboten, aber damals war das ein absolut bahnbrechender Fall, weil auf den ersten Zusatzartikel der Verfassung (Meinungsfreiheit) verwiesen wurde, denn Frauen sagten: »Das ist unser erstes Menschenrecht!« Warum kann freier sexueller Ausdruck kein Menschenrecht sein? Die Hintergrundgeschichte dazu spielte sich im Kongress ab, bei den Anhörungen, die stattfanden, wo es als unerhört galt, dass der Film eine Frau zeigte, die einen Orgasmus hatte – und zwar in ihrer Kehle, richtig. Aber das passiert ja nicht wirklich. Wir haben keine Klitoris im hinteren Teil unserer Kehle. Wir haben einen Würgereflex. Wenn du das willst und dich gut dabei fühlst, dann ist es gut. Und wenn es dich zum Erbrechen bringt und du es nicht magst, dann lässt du es sein. Aber es ist auch sehr sexuell. Ich scherze immer, dass ich nach einer guten Deep-Throat-Session eine Oktave tiefer singen kann. Und ich weiß, dass es mich zum Würgen bringt, aber es ist ein Teil von dem ganzen Spaß, zu sehen, wie tief es hinabgehen kann, um es mal so zu sagen. Wie tief kannst du gehen? Das ist nicht obszön für mich – ich würde es nicht für jeden x-Beliebigen tun. Aber in dem Film wird eine Frau gezeigt, die sich an diesem Akt erfreut. Offensichtlich haben Männer große Lust dabei empfunden. Aber eine Frau darf das nicht genießen? Wenn sie sich nicht daran erfreuen soll, warum, verdammt, steckst du ihr das Ding überhaupt in die Kehle?! Genau – es geht darum, zu zeigen, wie pervers das ist.

Die Rolle des Orgasmus in der Zukunft, die bereits jetzt existiert, ist: Er macht Frauen und Männer gleichberechtigter. Es gibt immer noch zu viele Väter, die denken, dass ihre makellosen vierzehnjährigen Töchter nicht den Duschkopf nehmen und es sich selbst machen. Und ich hoffe sehr, dass sie es tun. Ich sage immer: Wenn ich eine Tochter habe und sie ist vierzehn oder vielleicht auch dreizehn, weil es jetzt so viel Porno im Internet gibt – dann muss ich die Entwicklung am Gebirgspass abfangen und sie von Anbeginn schützen – ganz im Ernst! Ich will, dass meine Tochter sexuell ermächtigt ist. Sie hat genau so viel Recht auf ihren Orgasmus wie ihr älterer oder jüngerer Bruder, im Falle sie hat einen. Oder eben genau so viel Recht darauf, wie der Typ, der neben ihr im Naturwissenschaftsunterricht sitzt oder wo auch immer. Und hoffentlich wird die Erkenntnis, dass sie diese Macht besitzt, sie davor behüten, sich auf Sex einzulassen, bevor sie bereit dazu ist. Sie wird sich nicht dazu drängen lassen, etwas zu tun, um jemandem einen Gefallen zu tun, weil sie nämlich bereits weiß, wie sie sich selbst befriedigen kann. Und wenn sie geschickt genug ist, sich selbst zu befriedigen, dann wird sie aufmerksamer sein, wenn sie sich einen Partner sucht. Ich denke, das ist eine der wichtigsten Rollen, welche Orgasmus im Leben einer Frau spielen kann.

Nirvano (Deutschland) »Ich hatte viele Liebeserlebnisse im Wasser«

Ich denke, mein erster Orgasmus ereignete sich, als mein Bruder und ich als kleine Kinder »Doktor« spielten. Ich war ungefähr fünf, sechs Jahre alt und erinnere mich an dieses Gefühl, angenehm, süß und warm. Plötzlich kam meine Mutter herein und wir hörten auf. Ich genoss dieses Gefühl, hatte aber auch den Eindruck, dass etwas daran falsch war und schämte mich. Aber trotzdem habe ich es als etwas Natürliches und Schönes in Erinnerung.

Wenn ich Liebe mache, setze ich eigentlich keine Fantasien ein, ich bin eher der aktive Typ. Ich mag es, völlig in den Moment einzutauchen, damit ich das Liebe-Machen genießen kann. Es funktioniert am besten, wenn die Dinge einfach ihren Lauf nehmen. Wenn mein Partner Fantasien wünscht, dann bin ich offen dafür, aber ich für meinen Teil mag es, die Dinge so zu nehmen, wie sie kommen und loszulassen. Das ist der natürliche Fluss der Dinge.

Ich liebe es, im Wasser zu sein. Ich hatte viele Liebeserlebnisse im Wasser oder unter Wasserfällen und ich liebe es, nackt zu surfen. Es ist ein so wundervolles Gefühl, umgeben von Wasser und Wellen auf dem Board zu sitzen.

Meine stärkste Fantasie ist das Liebesspiel mit einem Delfin. Wasser bedeutet für mich Schutz. Ich kann mich selbst leichter zeigen mit Wasser zwischen mir und dem anderen. Ich kann ich selbst sein mit dem anderen und mich gleichzeitig mit ihm verlieren. Wasser beschützt mich davor, verletzt zu werden. Wenn ich mich öffne, bin ich wehrlos, und da ist immer die Angst, verletzt zu werden. Wasser ist für mich wie eine Schutzhülle. Ich brauche keine Panzerung um mich, keine harte Muschelschale; ich kann mich öffnen und fühle mich trotzdem geschützt. Das ist ein eng mit dem Herzen verknüpftes Gefühl, das ist nicht rein sexuell.

Als ich jung war, wurde ich sehr oft verletzt. Ich war eine schöne Frau mit einer sexuellen Ausstrahlung, und Männer sahen oft nur auf mein Äußeres, nicht auf mein Inneres, was ich damals allerdings nicht verstand. Einfach nur Liebe machen ist manchmal gut, aber es ist nicht erfüllend. Du öffnest dich jemandem, verliebst dich vielleicht, und dann verlässt dich der andere und du fühlst dich benutzt und allein. Das tut weh, und Wasser hilft mir, zu vertrauen. Liebe sollte heilen. Ich erinnere mich daran, dass ich Liebe mit einem Mann machte, der dies bisher nicht getan hatte; es war sein erstes Mal. Seine Reinheit und Unschuld waren sehr süß, und sein Penis hatte keine Gewaltsamkeit – das war eine heilsame Erfahrung.

Die Stärke meines Orgasmus hängt bei mir von dem Mann und von mir selbst ab. Sie hängt davon ab, wie erfahren er ist und wie offen der Sex ist, also wie sehr ich mich dieser Person zeigen kann. Je mehr ich mich öffne, desto mehr kann ich mich gehen lassen und einen wunderschönen Orgasmus haben. Wenn ich einen Mann wirklich liebe, dann bin ich eher darauf vorbereitet, mich selbst völlig zu zeigen, die Kontrolle abzugeben, und das hängt vom Mann ab.

Meine stärksten Orgasmen hatte ich mit einem Mann, der in einer Tantraschule tätig war. Er war so etwas wie ein Initiator und führte mich in das Liebesleben ein. Ich war zweiundzwanzig und er war mindestens zwanzig Jahre älter als ich, aber er war eine wichtige Erfahrung. Er zeigte mir, dass alles erlaubt ist. Alles, was immer es ist, ist gut und gehört zum Liebesspiel. Ich hatte Glück, dass ich diesen Mann getroffen habe, und jedes Mal, wenn wir zusammen waren, explodierte mein Herz, weil ich ihn so sehr liebte. Ich fühlte mich ganz offen; ich erinnere mich an die starke Bewegung in meinem Körper, wie mein Körper die Steuerung übernahm und dann die Kontrolle verlor. Das war sehr, sehr stark, so wie eine Explosion im Herzen und dann im Körper. Ich durchlief verschiedene emotionale Stadien, von Schreien zu Lachen zu Schwitzen und Weinen. Sehr, sehr verschiedene Emotionen, und nachdem alles vorbei war, kam diese unglaubliche Stille über mich, nicht nur an einer Stelle, sondern sie durchzog meinen ganzen Körper. Sie schien ewig anzudauern – wenigstens die ganze Nacht. Ich erinnere mich, wie ich in der Morgendämmerung den Chor der Vögel hörte. Für mich war das wie eine Einführung in das Frau sein und zeigte mir, wie es sich wirklich anfühlt, einen Orgasmus zu haben: Nicht nur an einer Stelle im Körper spürbar, sondern überall, wie ein sich Öffnen für das Göttliche.

Linda Troeller
Fotografie

Fotografie ist für mich wie das Erglühen der Gegenwart und gibt mir die Möglichkeit, in die nächstliegende Atmosphäre einzudringen. Als ich zwanzig war, erfuhr ich eine tiefe Verbundenheit mit meiner ersten Kamera, einer Rollei. Das war auf der Ghost Ranch/New Mexico, als Georgia O'Keeffe mich aufforderte: »Lass dich durch die Kräfte ›da draußen‹ in der Wüste führen!« Leonora Carrington, die surrealistische mexikanische Malerin, sandte mich nach San José Purúa aus, um »das Heilwasser zu trinken«, damit ich mein Bewusstsein erweitere. Beide Frauen lehrten mich, in das Unergründliche zu schauen und es in mir aufzunehmen.

Einige Jahre später lernte ich die Macht der Vertrautheit kennen und brachte in Erfahrung, wie eine Beziehung zu einem Modell entwickelt werden kann, nämlich auf der anderen Seite der Kamera als Aktmodell in dem Workshop von Ansel Adams »Nude in the Landscape/Nackt in der Landschaft«. Der japanische Fotograf Eikoh Hosoe und der Franzose Lucien Clergue fotografierten mich unterschiedlich. Hosoe formte meinen Körper und stimmte ihn auf einen dazu passenden Ort ab. Clergue dagegen forderte mich dazu heraus, meinen eigenen Weg zu finden und hielt eine Interpretation von dem fest, wie ich mich selbst präsentierte. Diese Schlüsselerlebnisse leiteten mich dazu an, meine eigenen Wege zu entwickeln, sehr private Trigger zu identifizieren, um Instinkte zu verfeinern, aufzuladen und zu enthüllen, und so transzendente, herausfordernde Momente zu erkennen.

Meine erste veröffentlichte Fotografie erschien in der *Village Voice*. Sie zeigt eine Frau, die mit einem in Taillenhöhe abgeschnittenen Hochzeitskleid über einem mächtigen Kaktus steht. Seitdem habe ich mich häufig zum Tabubruch entschlossen.

Dieses Projekt zum Thema »Orgasmus« geht noch tiefer in die Abgründe sexueller Identität. Fotografie ist vergleichbar mit Strahlung, sie ist gefährlich, unheimlich, aber möglicherweise auch heilsam. Judith Butler schreibt, dass der Mensch vielleicht Anerkennung empfinden müsse, um leben zu können, dass jedoch gleichzeitig die Voraussetzungen für das Anerkanntwerden das Leben unerträglich machen. Mein Anspruch ist es, über Dinge nachzudenken, die wir brauchen, damit sie uns vorwärtstragen oder uns eine Zeit der Besinnung gewähren: »Wer bin ich?« »Was ist natürlich?« »Was ist grenzwertig?« »Was ist unendlich?«.

Fotografien

Linda

Sofia

Merav

Zoe

Catherine

Gudrun

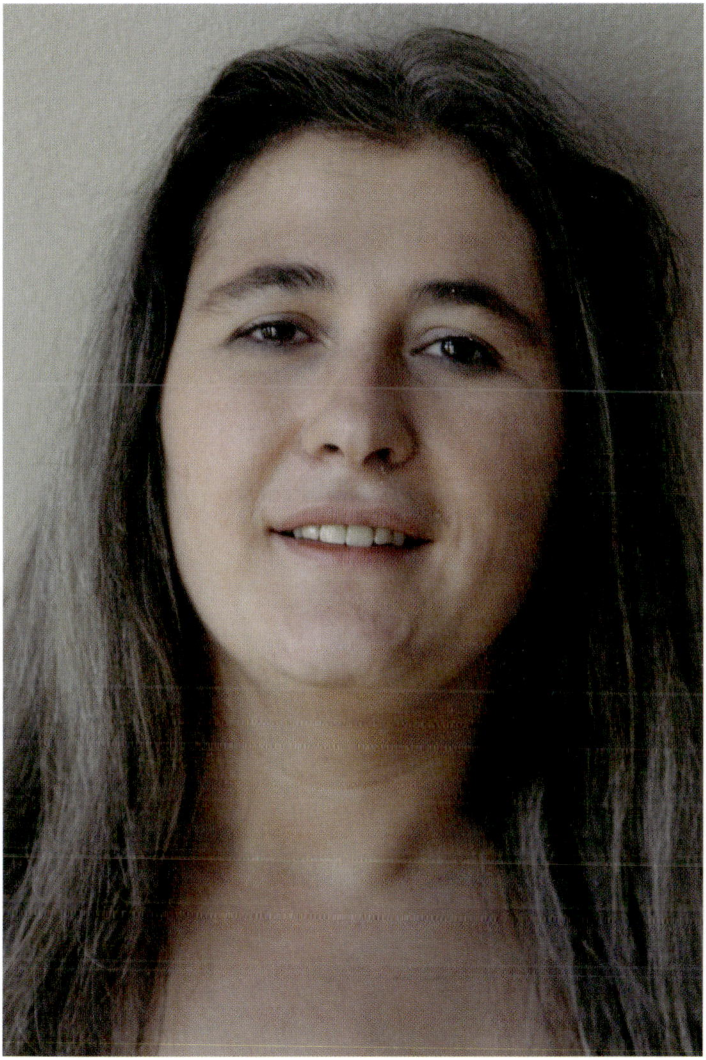

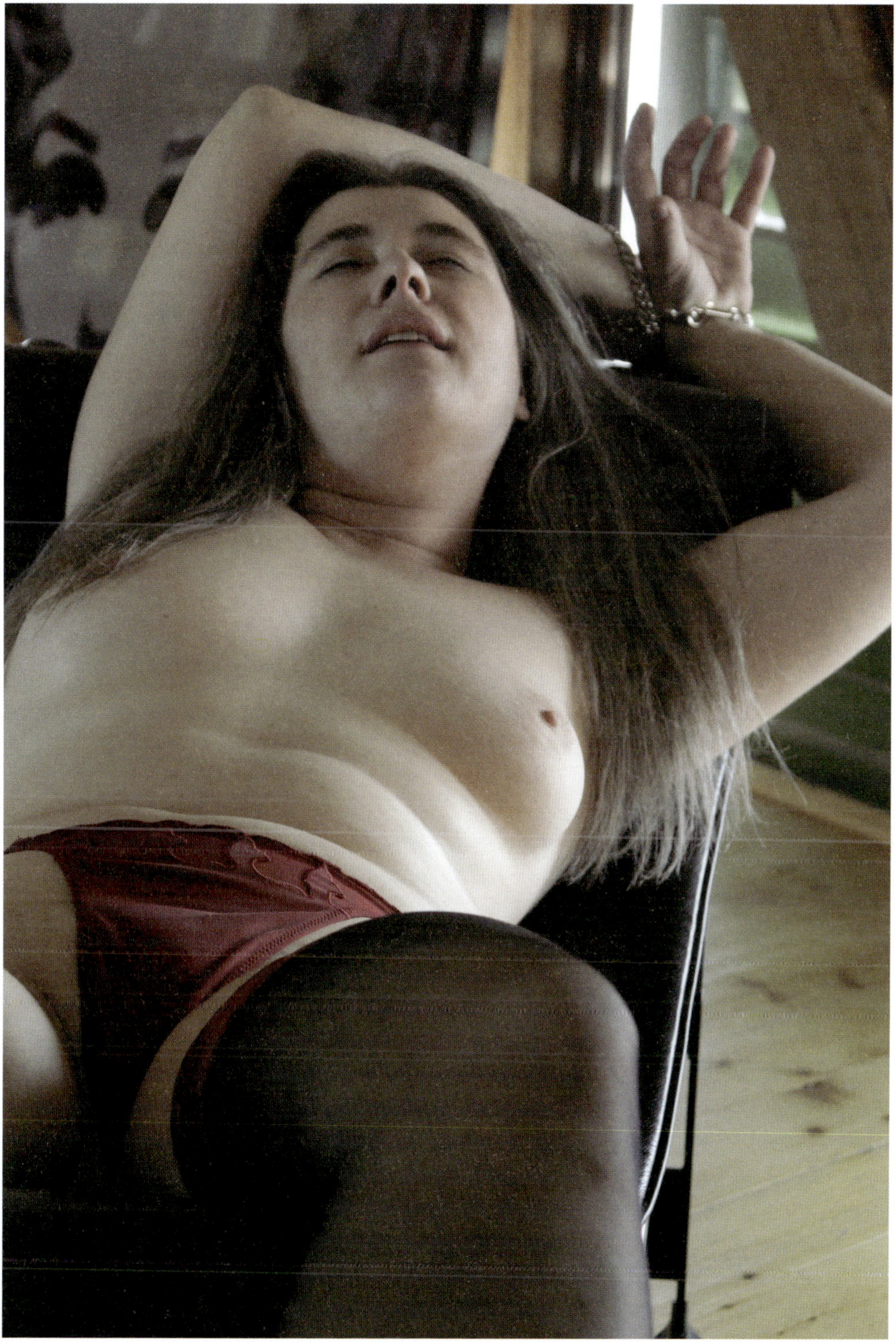

María

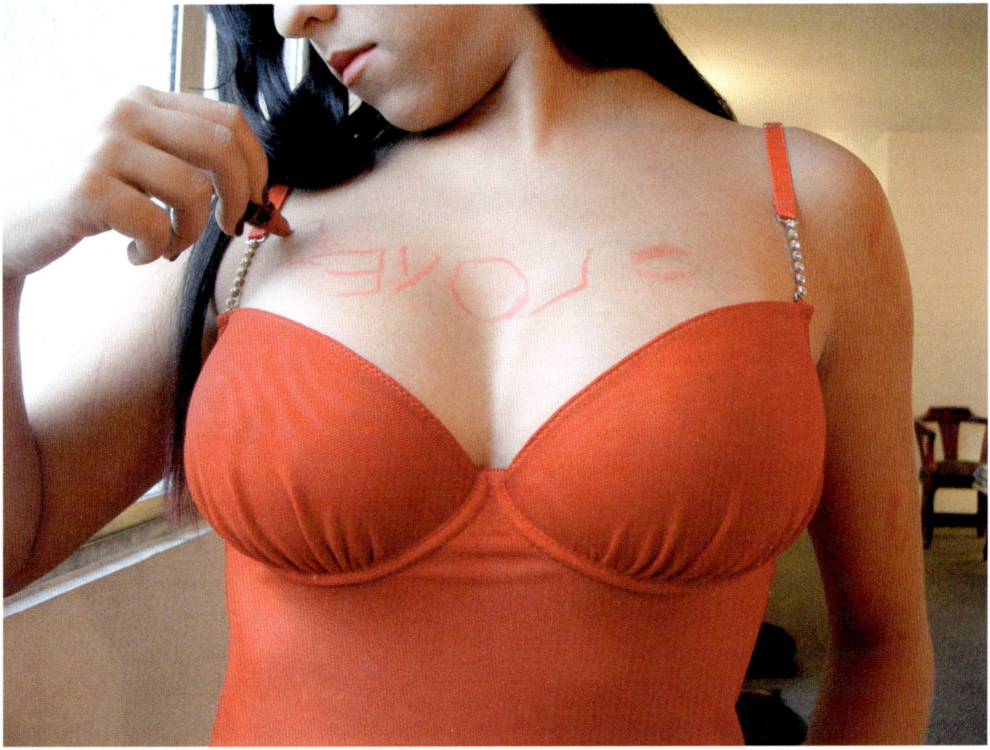

Dragonfly

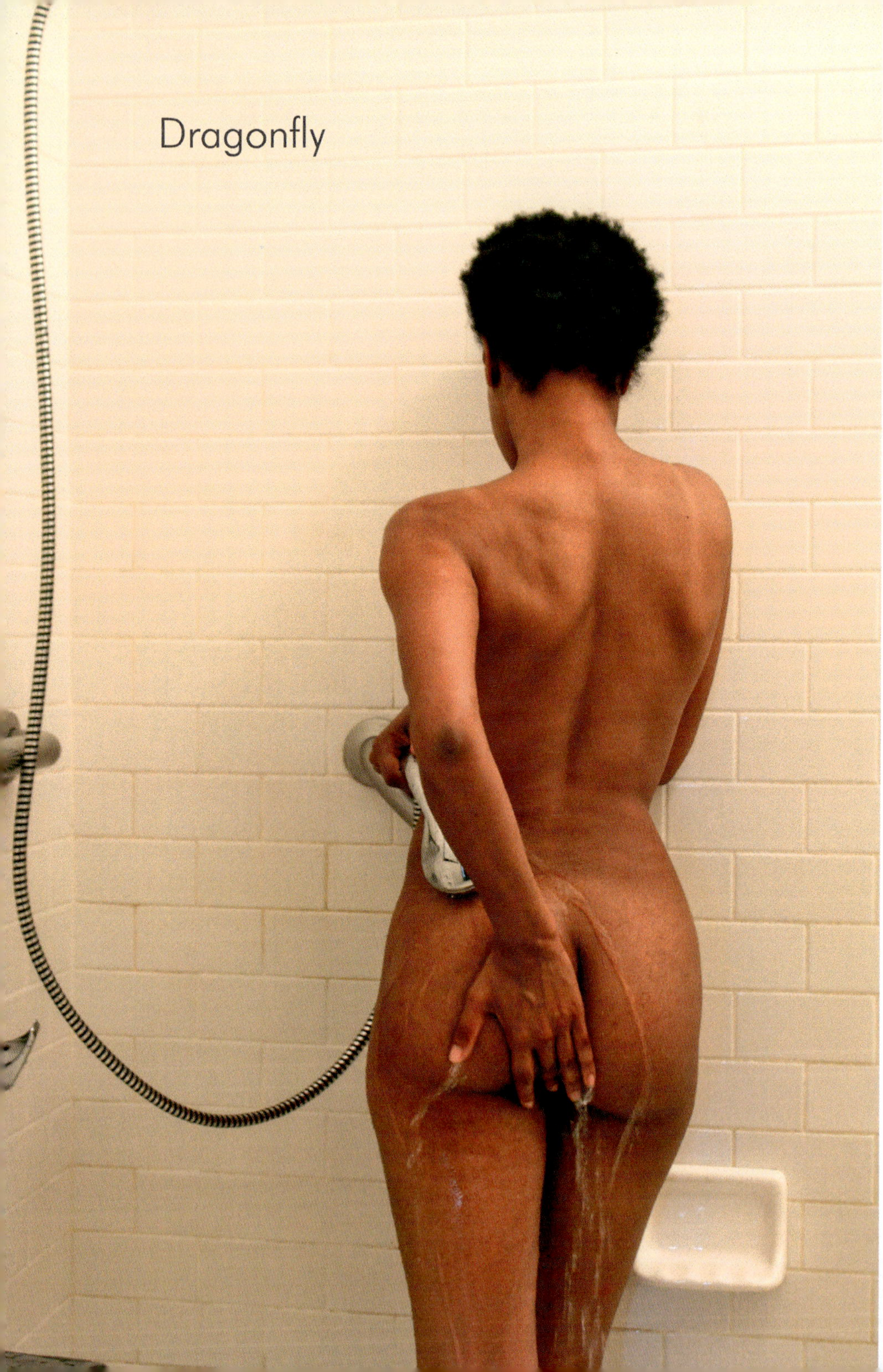

Nirvano

Laura (Deutschland) »Orgasmus ist für mich nur im Plural zu denken«

Orgasmus ist für mich nur im Plural zu denken. Orgasmen bedeuten für mich Losgelöstsein, Entspannung, Glücklichsein. Ich sehe sofort entspannte Gesichter, offene Münder, Lachen. Mir fallen sofort meine Freuden-Salons ein, wo wir freitags unter anderem das lachende Becken in der Gruppe schwingen und alle in der Gruppe aufgehen. Das ist großartig und unglaublich beglückend, danach sind alle still und alles ist gut.

Ich habe als Kind viel Sport gemacht. Meine liebsten Sportgeräte waren Reck, Barren, Stufenbarren und Schwebebalken, Geräte, an denen ich immer schön um die Stange turnen und drehen konnte. Daran hatte ich großen Spaß, ich war vollkommen in meinem Element und glücklich. Irgendwann kam aber der Punkt, an dem ich dachte, da ist etwas nicht in Ordnung. Ich glaube, dass die negative Einschätzung von außen kam. Von sich aus würden Kinder das sicher nicht lassen. Es ist so eine wunderbare Energie, mit der du schön umgehen kannst.

Spannend wird es, wenn ich ohne Erwartungen in eine (sexuelle) Situation reingehe. Dann sorgt die Überraschung und die positive Einstellung für starke Emotionen. High machen kann auch das Experimentieren, u.a. mit Atem, Stimme, Bewegung. Eine Sexparty liefert zum Beispiel einen tollen und sicheren Rahmen, in dem ich als Voyeuse dabei bin und mit mir alleine spiele und/oder mit verschiedenen Personen und deren unterschiedlich sich anfühlenden Körpern Praktiken ausprobieren kann und das anregende Stöhnen der anderen höre. Das hat mich schon öfters in einen Rausch versetzt, sodass ich Farben und Energiewellen sehe und spüre und das Gefühl habe, ich hebe ab.

Wenn ich einen Orgasmus erlebe oder auf ihn zusteuere, dann stelle mir nichts vor, sondern bleibe ganz bei mir und konzentriere mich auf das Fühlen. Ich möchte mich gern dem Augenblick hingeben.

Der Orgasmus gilt als der ultimative Beweis einer erfüllten oder gelungenen Sexualität, deshalb wird er überall gepusht und als das absolut zu Erreichende dargestellt. Der Höhepunkt und dieser Superorgasmus, der vor allem in den Pornos so extrem wichtig ist – besonders der des Mannes – wird überall zum unumstößlichen Ziel erklärt. Das hat auch etwas mit der Zielgerichtetheit der Gesellschaft zu tun, einzig den Orgasmus als Erfüllung zu deklarieren. Ich wünsche mir, dass die Wellenbewegung des an- und abschwellenden Glücklichseins eine wichtigere Rolle spielt. Dies würde unserer Gesellschaft gut tun.

Annie (Vereinigte Staaten) »Mein Herz explodierte und ich zerfloss in Glückseligkeit«

Der Versuch, Orgasmus zu erklären gleicht dem Versuch, zu erklären, was Nahrung ist. Für mich kann Orgasmus viele Formen annehmen, schließt viele verschiedenartige Erfahrungen und Gefühle ein und hat zahlreiche verschiedene Aufgaben. Orgasmus ist das angenehme Befreien, Explodieren oder Herausströmen von aufgestauter erotischer oder sexueller Energie. Dies kann in verschiedenen Teilen meines Körpers oder sogar in Form eines spirituellen Orgasmus, der meinen ganzen Körper durchzieht, geschehen. Da ich Orgasmus seit über vier Jahrzehnten zu meinem persönlichen Hobby gemacht habe, konnte ich viel üben. Heute hat der Orgasmus für mich viel mit meinem Atem und dem Öffnen meines Körpers zum Lenken der kosmischen Energie, der Lebenskraft, zu tun. Wenn es mir gut geht, steht er mit dem Sich-eins-mit-der-Natur-Fühlen in Zusammenhang. Meine Geliebte ist ein Teil davon, ein Teil der Natur.

Der erste Orgasmus, der mir in den Sinn kommt, geschah, als ich sechzehn Jahre alt war. Ich war noch Jungfrau. Ich ging in Panama, am Äquator, zur High School. Ich mochte die Jungen in meinem Alter nicht, und wenn diese Jungs mich küssen oder meine Hand halten wollten, hat mich das angewidert. Dann traf ich jemanden, der zehn Jahre älter als ich war. Er hatte ein Motorrad und besaß einen Hippie-Coffee-Shop. Und er war Künstler. Ich denke, ich musste einen Künstler finden. Einmal also fuhren wir mit seinem Motorrad zum Strand und verbrachten die Nacht im Strandhaus seiner Eltern. Wir nahmen etwas Meskalin. Alle nahmen damals psychedelische Drogen, es war Mitte der 60er-Jahre. Und wir gingen am Strand spazieren. Die Sterne leuchteten unglaublich und es gab quasi jede Minute eine Sternschnuppe. Die Wellen des Ozeans waren voller Plankton und deshalb sahen sie aus, als wären sie voller Glitzersteine. Es war absolut magisch. Wir küssten uns. Er küsste phänomenal zärtlich. Mein Herz explodierte – es war ein kosmischer Orgasmus, sehr elektrisierend und auch romantisch. Der Schleier hob sich für einen Moment und ich zerfloss in Glückseligkeit. Dann hatte ich mein erstes orales Sex-Erlebnis dort am Strand. Es ist kein Wunder, dass ich ökosexuell bin. Mein erster Orgasmus war wirklich einer mit der Natur.

Meine zwei stärksten Orgasmen wurden beide im Film festgehalten. Der erste ereignete sich 1982, als ich den Film *Deep inside Annie Sprinkle* machte, in welchem ich sowohl eine Rolle hatte als auch Regie führte. Ich lag auf dem Rücken in einem Bett, ließ den Kameramann die Kamera direkt zwischen meine Beine halten und beides filmen – meine Pussy und mein Gesicht. Ich schaute direkt in die Kamera und sprach zu den Tausenden von Typen, von denen ich wusste, dass sie zuschauen würden, wie ich masturbiere. Das turnte mich wirklich an. Ich hatte einen sehr starken Mega-Vibrator von einer Fotografen-Freundin geborgt und ihn nie zuvor benutzt. Ich legte den Vibrator an meine Klitoris und sprach in die Kamera – und hatte dann eine Serie von unglaublich starken multiplen klitoralen Orgasmen, die nicht aufhören wollten. Meine Pussy fühlte sich an als ob sie sich irgendwie öffnen würde, Flüssigkeit strömte heraus und hinterließ eine große Pfütze auf dem Bett. Heute nennen wir das »weibliche Ejakulation«. Aber damals gab es keinen Namen dafür. Ich fühlte mich einfach höchst vergnügt. Wahrscheinlich war dies die erste Szene mit weiblicher Ejakulation, die in einem Pornofilm gezeigt wurde. Damals gab es auch sehr selten Filme mit so intensiven multiplen weiblichen Orgasmen.

Im Jahr 1990 war ich Co-Regisseurin bei dem Film *The Sluts and Goddesses Video Workshop* (Video-Werkstatt der Schlampen und Göttinnen). Wir standen ziemlich unter Zeitdruck und hatten Stress, als wir ihn produzierten. Denn Zeit war Geld! Die Szene war die letzte, die wir drehten. Ich war mit zwei fantastischen sexy Frauen im Bett, die ein Paar waren, Trash und Chris Teen. Ich war ziemlich neu im lesbischen Hardcore-Sex und es war absolut heiß. Sie fickten mich alle beide echt hart mit ihren Fingern und ich legte meinen Hitachi Zauberstab an meine Klitoris – und bin dann in eine tatsächlich fünf Minuten lange orgasmische Entladung abgehoben. Sie begann in meiner Klitoris, explodierte dann in meiner G-Fläche, und mein Gebärmutterhals, auf den mächtig getrommelt wurde, hatte eine große Entladung. Dann schoss ein mächtiger Ball aus Kundalini-Energie in meinem Körper herauf zur Kehle. Es wurde ein Schrei-Kehlen-Orgasmus, der nicht aufhörte. Es war ein Ganzkörperorgasmus, der alle sieben Chakras erfasste. Meine Hände waren elektrisch aufgeladen, als ob sie in einer Steckdose steckten. Meine Möse verschoss Elektrizität. Und ich glaube, dass das so intensiv war, dass ich alle zum Ausflippen brachte, mich eingeschlossen. So hörten sie auf, mich mit ihren Fingern zu ficken, aber der Orgasmus in meiner Kehle ging weiter. Ich hätte es noch andauern lassen können doch fuhr es dann herunter. Ich nannte diese Art von Orgasmus einen Megagasm.

Ich habe auf jeden Fall Fantasien zum Orgasmus. Ich habe ziemlich häufig nächtliche Orgasmen bei denen ich träume, ich hätte Orgasmus, dann aufwache und sie tatsächlich empfinde. Das ist eine Art Fantasie. Ich liebe es, solche nächtlichen Orgasmen zu haben. Sie sind Energieorgasmen. Da bin ich richtig großartig drin. Klitorale Orgasmen sind wundervoll. Aber Orgasmen ohne klitorale Stimulierung können manchmal sogar noch besser sein. Heutzutage richten sich meine Fantasien auf Orgasmen mit der Natur, Orgasmen im Einklang mit Erde, Himmel und Meer.

Solveig (Deutschland) »Er legte seine Hand auf meinen Mund«

S. 165

Für mich umfasst Orgasmus eine Skala, die bei Bedeutungslosigkeit beginnt; etwas einfach nur so, etwas ganz Alltägliches, ganz Gewöhnliches, ganz Normales, bis weit in Richtung Ewigkeit. Das, was meistens passiert, ist eben diese Sache, die dich glücklich macht, wenn es einfach geschieht. In ihrem *Goldenen Notizbuch* beschreibt Doris Lessing verschiedene weibliche Orgasmen: zum einen den leichten, klitoralen. Dazu braucht's nicht viel. Du brauchst eigentlich nur dich selbst und ein paar schöne Gedanken oder Fantasien. Man – oder frau, besser gesagt – muss aber erst einmal lernen, dahin zu kommen. Und der andere Orgasmus, der ist etwas mehr Spirituelles, denke ich, er hat etwas Göttliches , und das ist es auch, was so hochgepusht wird - weil heutzutage Spiritualität und Transzendenz im Leben fehlen, und das soll der Orgasmus ersetzen. Aber das passiert nicht sehr oft, glaube ich. Es ist nicht leicht, diese Art der Entgrenzung zu erleben, und ich glaube, viele Leute sind sehr unglücklich, weil sie die Erfüllung dieser Verheißung wahrscheinlich nie erleben. Ich glaube, das geht auch Männern so, nicht nur Frauen. Das wird zu hoch gehängt, das Ganze. Und es wird eine Art Sport draus gemacht. Und das Eigentliche – also dieser Orgasmus, der dir hilft, glücklich und ausgeglichen zu sein – das zählt nicht so. Müsste aber viel mehr zählen. Und auf der anderen Seite kann der Orgasmus immer noch als Sünde gelten, als eine Ausgeburt der Hölle, als etwas Böses, die Wollust als etwas Negatives

Mein erster Orgasmus war im Ferienlager; ich war fünfzehn und es war Sommer. Wir haben in Zelten übernachtet – das waren sehr große, armeemäßige Zelte, darin Betten. Es gab Jungszelte und Mädchenzelte, und wir haben die Jungs in ihrem Zelt besucht. Es hat geregnet, und es war dunkel draußen und drinnen auch. Ich war mit einem Jungen, den ich gerade kennengelernt hatte, auf seinem Bett. Und wir haben uns dann gegenseitig mit den Händen und den Lippen entdeckt, und dabei ist es wohl irgendwie passiert. Aber das Problem ist gewesen, dass in dem Moment, wo ich im Begriff war zu schreien, er das erkannte. Und um uns beide vor dem Hohngelächter der anderen zu schützen, hat er mir den Mund zugehalten. Und das wurde, wie es sich im Nachhinein herausgestellt hat, ziemlich problematisch für mich, weil ich viele Jahre hindurch nicht in der Lage war, meinen Orgasmus lautstark zu zeigen, und ich deswegen auch in Konflikte mit Männern gekommen bin, die das gern von mir hören wollten.

Ich kann nicht mehr sagen, was er gemacht hat. Es war dunkel, und wir haben uns angefasst und geküsst, und dann ist es passiert. Es war einfach so eine Atmosphäre, ich würde es als ziemlich wildes Petting bezeichnen, ich war entspannt, es hat Spaß gemacht. Die Lust war da. Und es war auch nicht so, dass ich irgendwie unsterblich … Ich war unsterblich verliebt, aber nicht in ihn. In einen anderen, der auch in dem Ferienlager war. Und eigentlich habe ich auch so ein bisschen rumgemacht, weil ich den anderen eifersüchtig machen wollte. So sind ja die Spielchen bei den Teenagern.

Dieser erste Orgasmus war für mich sehr überraschend, weil ich nicht wusste, was auf mich zukam. Denn das sind ja Sachen, die wurden nicht besprochen. Man hat vielleicht mal dieses Wort gehört, aber man konnte sich nichts darunter vorstellen. Auch wenn man als junger Mensch in der DDR irgendwie sehr aufgeklärt war und wir auch keine Scheu vor Nacktheit hatten. Das war auch nicht mein erster sexueller Kontakt. Ich hatte das Ganze davor schon einmal mit 14 ausprobiert. Ich war sehr neugierig und interessiert am anderen

Geschlecht. Ich konnte es mir nicht vorstellen, ich wollte halt wissen, wie es ist.

Mein stärkster Orgasmus ist ganz eng damit verbunden, dass ich eben nach diesem ersten Mal nicht fähig war, meinen Orgasmus lautstark zu zeigen. Meine erste große Liebe ist letztendlich daran zerbrochen, weil der junge Mann – wir waren damals achtzehn – annahm, er könnte mich nicht zum Orgasmus bringen. Und irgendwie ist bei Männern sicherlich da so ein Druck aufgebaut. Dabei habe ich ihm immer wieder versichert, es wäre kein Problem für mich, und dass dies bei mir halt so sei, und ich würde das Zusammensein genießen. Aber für ihn war es immer ein Problem, weil er wunderbare Orgasmen hatte, während ich nichts zu empfinden schien. Doch in Wirklichkeit empfand ich sehr viel, nur konnte ich es nicht auf die von ihm erwünschte Weise zum Ausdruck bringen. Meine Orgasmen mit ihm waren die anderen, die tieferen: das Gefühl, tief miteinander verbunden zu sein. Es umfasste meine ganze Seele, es war das Gefühl des Eins-Seins mit dem Universum, aber ich konnte es nicht hinausschreien. Es gab sicherlich auch viele andere Gründe, warum das Ganze nichts geworden ist – das war ein Drama im Endeffekt. Es war sehr traurig, wie es auseinandergegangen ist.

Diese Geschichte – das Thema Orgasmus – hat mich als neverending-story begleitet. Es ist so, dass ich mit diesem Mann nach etlichen Jahren wieder Kontakt aufgenommen habe, oder er mit mir, oder wir miteinander. Wir fühlen uns also irgendwie zueinander hingezogen und miteinander verbunden, können uns auch wieder streiten und auseinandergehen und dann herrscht Funkstille. Aber vor zwei Jahren haben wir uns wiedergetroffen, und da hatte ich den stärksten Orgasmus, den ich je gehabt habe. Ich schätze, den konnte man noch drei Häuser weiter hören, das war schon gigantisch. Da hat beides zusammengepasst: das Körperliche, das Seelische, und dann noch die Stimmung dazu. Aber – das kannst du nicht immer haben. Ich habe einen Preis dafür bezahlt, im Rückblick jedoch keinen so hohen: Meine Ehe ist daran zerbrochen, dass ich den Kontakt mit dieser ersten großen Liebe wiederaufgenommen hatte. Es gab ja inzwischen das Internet, sodass man mal versucht hat, herauszufinden, was der andere macht. Wir haben miteinander telefoniert. Und schon allein damit, dass wir uns E-Mails geschrieben und telefoniert haben, ist mein Mann schwer klargekommen. Wir haben uns in der Zeit nie, das ist jetzt etwa zwölf Jahre her, getroffen, aber es waren auch sexuelle Mails. Und dann gab's natürlich auch viele andere Gründe der Trennung, aber ich denke, das war schon ein entscheidender Grund gewesen: das Misstrauen, das sich dadurch aufgebaut hat. Wir haben zwei Jahre um unsere Ehe gerungen, und als ich dann vor zehn Jahren die Entscheidung getroffen habe zu gehen, war es die richtige; es war gut für mein persönliches Wachstum. Die Sexualität kommt vielen Lebensregeln in die Quere. Sie ist sehr mächtig – weil sie so wunderschön ist!

Meinen jetzigen Partner Richard habe ich vor neun Jahren das erste Mal getroffen. Und erst mit Richard habe ich gelernt, laut zu sein. Bei meinem Ehemann konnte ich das auch nicht. Ich verlor diese Scham. Scham ist es, die einen daran hindert. Als Fünfzehnjährige wäre ich in dieser Hinsicht völlig schamlos gewesen. Erst durch das Mundzuhalten ist diese Scham in mein Leben getreten.

Es ist nötig, dieses Schamgefühl loszuwerden, die Angst vor Kontrollverlust – davor, dass man von anderen gehört werden könnte. Am besten man ist zusammen mit einem geliebten Menschen, dem man vertraut; der sich nicht schämt. Oder, wenn beide eine gewisse Scham empfinden, dann könnte man gemeinsam versuchen, sie loszuwerden, gewissermaßen. Ja, ich glaube, es ist eine Problematik der Scham –die Assoziation zwischen Orgasmus und dem Bösen und der Hölle usw., die

Abwertung der Wollust als etwas Negatives, die noch immer in uns steckt.

Richard war der erste Mann, den ich kennenlernte, der sich mit diesen Dingen befasst und darüber spricht. Die Art, wie er seine Sexualität auslebt, spielte für mich eine wesentliche Rolle. Kommunikation ist wichtig, dazu zähle ich auch den schriftlichen Gedankenaustausch, – und selbstverständlich die Übung, die Praxis.

Für meine Fantasien reicht es meistens aus, wenn ich mir vorstelle, was ich an einem Mann attraktiv finde. Für mich hat es viel mit dem Mann zu tun, in den ich verliebt bin. Und dann lebe ich auch viel in der Erinnerung, kann mir dann die Atmosphäre und das, was gewesen ist – und natürlich noch ein bisschen was dazu – sehr gut vorstellen. Ich kann den Anblick der Schönheiten seines Körpers heraufbeschwören – sein Gesicht, seine Augen, seine Bewegungen. Und seine Stimme, oder die Stimmung von damals … Für mich ist es oft die Erinnerung an das, was gewesen ist. Manchmal ist es aber auch schon so, dass ich mir noch einen zweiten Mann dazu fantasiere. Ja.

Mit dem Partner darüber zu reden, ist schwierig. Wir führen ja eine offene Beziehung, Richard und ich, und das heißt, dass andere Sexualpartner akzeptiert und auch gewünscht sind und dass es da keine Tabus gibt. Wir reden über alles, aber es ist trotzdem schwierig. Und ich finde auch, es muss Geheimnisse geben. Das ist natürlich auch beängstigend, weil das mit Verlustängsten behaftet ist oder mit Gedanken wie: Da ist jemand anderes, der kriegt vielleicht mehr als ich oder was anderes als ich. Dieses Vergleichende. Das ist nicht einfach. Ich wusste von Anfang an, dass Richard sich häufig verliebt. Und er war auch mit einer Frau viele Jahre eng zusammen, bevor wir uns kennenlernten, und ist bis heute mit ihr befreundet und trifft sie regelmäßig. Es hat eine ganze Zeit gedauert, ehe ich damit klargekommen bin, weil das was völlig Neues für mich war. Und auch die Problematik, dass er sich auch ganz neu in jemanden verlieben könnte. Und andersherum ist es genauso. Aber es bereichert mein Leben, meine Persönlichkeit kann sich auch durch die offene Beziehung weiterentwickeln, darüber zu reden, zu kommunizieren. Es ist oft kompliziert, darüber zu reden, weil man nicht weiß, wo anfangen, und es ist oft sehr schwer, in Worte zu fassen, was man fühlt und was man mag und was man will. Manchmal fragt mich Richard: Was kann ich tun? Was möchtest du? Und ich kann es nicht sagen, weil mir die Worte fehlen und ich frage mich selbst: Was will ich? Und suche nach Antworten. Dabei entdecke ich mich selbst.

Ich glaube, dass der Orgasmus in der Zukunft dazu beitragen wird, eine friedlichere Welt hervorzubringen. Viele junge Leute schämen sich noch heute oder betreiben den Orgasmus als Leistungssport; sie haben zwar viele Bilder aus den Medien im Kopf, aber wissen nicht wirklich Bescheid. Andererseits gibt es auch Junge, die sich über Orgasmus informieren wollen. Ich denke, es gibt eine hoffungsvolle Entwicklung. Junge Leute beginnen, ihr Kommunikationsverhalten bewusst zu gestalten, und versuchen sich an neuen Beziehungsmodellen. Es sind junge, weltoffene Menschen, die erkennen, dass alles bei den zwischenmenschlichen Beziehungen beginnt und dass dabei Sexualität - und die Krönung des Ganzen, der Orgasmus – eine ganz große Rolle spielen. So gibt es beispielsweise das Konzept der Polyamorie. Es geht davon aus, dass man mehrere PartnerInnen lieben kann. Ich erlebe viele junge Frauen und Männer die sehr offen sind und offene Partner und Partnerinnen finden. Ich halte das für eine Art Bewegung. Ich allerdings möchte nicht die Liebe abschaffen, die auf einen einzigen Partner fokussiert ist. Darin erscheinen mir Polyamorie-Leute oftmals zu weit in den Wolken – dass sie vermeiden möchten, dass es irgendwelchen Schmerz gibt. Aber der gehört dazu. Es gehört dazu, dass man sich verliebt, und es gehört dazu, dass die Liebe zerbricht. Und es kann auch sein, dass eine Liebe wieder neu entflammt. Aber dazu muss man halt in Verbindung miteinander bleiben und das Gespräch suchen.

Eine bessere Kommunikation kann die Welt verändern – davon bin ich überzeugt. Ihr macht eine wichtige Arbeit, und euer Buch ist Teil des Wandels. Es ist sehr wichtig, dass dieses Thema in die Medien kommt als etwas, das auf unseren Lebensstil, auf unsere ganze Gesellschaft Auswirkungen hat. Ich habe über das Problem der Scham gesprochen. Wenn die Menschen sich weniger schämen würden, denke ich, hätten sie sehr viel weniger Angst, und alles könnte viel leichter sein. Doch heute ist es noch so, dass, wenn eine Frau ihre Wollust auslebt, sie immer noch auf die Einteilung als Hure, lasterhafte Frau, die die Hölle, das Böse, alles Schlechte verkörpert, stößt. Weibliche Lust als das Böse – das gibt es immer noch, und der Imperativ, dass frau sich zu schämen hat, wenn sie danach verlangt. Und auf der anderen Seite haben wir die schöne, liebende Frau, die dem oder der Geliebten Orgasmen schenkt und von ihm oder ihr auch Orgasmen bekommt. Das ist ein ganz wesentlicher Unterschied.

Queer sein bedeutet, Geschlechterrollen zu sprengen. Es wird oft gesagt, etwas sei typisch weiblich. Ein typisch weiblicher Orgasmus zum Beispiel. Aber auch Männer können den Orgasmus verfehlen, auch sie haben nicht immer Orgasmen und nicht immer gleich intensive. Es gibt also auch Unterschiede zwischen Männern. Und wir alle haben etwas Männliches und etwas Weibliches in uns, mehr oder weniger. Es sollte also gar nicht darauf ankommen, ob man sich gerade eher männlich oder mehr weiblich empfindet. Immer noch ist die Vorstellung weit verbreitet, dass die Sexualität bzw. der Orgasmus der Männer eher etwas Physisches sei – der weibliche dagegen nicht. Von den Medien vermittelte sexuelle Codes spielen dabei eine große

Rolle. Ich sehe Sex und den damit verbundenen Höhepunkt als lustvolles, freudvolles Spiel, das angenehme Empfindungen schenkt. Aber viele moderne Menschen betrachten beides als eine Art Wettbewerb, einen Kampf: Wer hat den größten, schönsten, längsten? Wer kann es am besten? Wenn mehr Menschen auf Spiel einlassen und den Wettbewerb vergessen, hätten wir eine friedlichere Welt. Wer spielt, ist offen, kreativ, fantasievoll und in Verbindung mit dem anderen.

Wenn wir die kriegerische Welt verändern wollen, kommt es darauf an, all unsere Sinne zu gebrauchen und unsere Sinnlichkeit nicht durch den Verstand beherrschen zu wollen. Den Verstand brauchen wir, um handeln zu können. Es ist schwer, etwas zu tun. Bevor man etwas tut, muss man darüber nachdenken. Du musst ein Buch lesen oder Fotos betrachten. Das zuerst – und dann denkst du nach. Und schließlich beginnst du das eigene Handeln zu verändern und dadurch die Welt. Daran glaube ich und das gibt mir Hoffnung für die Zukunft.

Maayan (Israel) S. 170
»Es kam über mich – Bumm! Und ich war völlig schockiert«

Orgasmus bedeutet für mich Entdeckung, weil ich erst ziemlich spät dazu kam. Obwohl ich mit fünfzehn anfing, Sex zu haben, erlebte ich erst mit neunzehn meinen ersten Orgasmus. In den vier Jahren davor hatte ich nicht so viel Spaß an Sex wie meine Partner. Es war für mich eine Art von Reise der Entdeckung entgegen. Ich weiß, dass ich bereits als Kind darin unterrichtet wurde, mich hinsichtlich meiner Sexualität, meines Begehrens und meiner Gefühle in einer bestimmten Art und Weise zu benehmen.

Als ich sechs Jahre alt war, hatte ich eine beste Freundin. Ihr Name war Ronit. Heute ist sie verheiratet. Wir spielten dieses Spiel, in dem sie die Mutter und ich der Vater war. Sie lag auf dem Rücken und ich lag auf ihr. Wir spielten Familie und ich war der Ehemann, sie meine Frau. Es war sehr aufregend und fühlte sich richtig gut an. Mein ganzer Körper war eine einzige riesige erogene Zone – egal, wo sie mich berührte. Aber einmal erwischte uns die jüngere Schwester meiner Mutter. Wir lagen auf der Treppe, weil wir nicht wussten, dass wir etwas taten, das wir nicht tun sollten. Wir befanden uns im Treppenflur. Sie war gerade von einer Freundin zurückgekehrt, sah mich, flippte aus und schlug mir ins Gesicht. Ich verstand nicht, was sie so empört hatte. Ich war ein wirklich liebes Kind. Ich war die Beste in der Schule und die Beste in der Theatergruppe. Ich war begabt und hatte eine Klasse übersprungen. Ich konnte mir das nicht erklären. Es war wortwörtlich ein Schlag ins Gesicht. Ich verstand, dass ich das nicht tun durfte.

Später, als ich vierzehn war, sagte ich meiner Mutter, dass ich Sex mit meinem Freund haben wollte. Sie reagierte, indem sie einfach auf mich einschrie. Sie sagte ein Wort auf Hebräisch/Arabisch, das »Schlampe« bedeutet. Ich kam zu ihr, weil ich zuvor über alles mit ihr hatte reden können. Sie war wie eine beste Freundin für mich. Ich erzählte ihr davon, als ich meine erste Zigarette rauchte, ich erzählte davon, als ich das erste Mal Alkohol trank, ich erzählte ihr alles. Aber als ich ihr erzählte, dass ich seit sechs Monaten einen Freund hatte und ihn liebe – das ist das, was du im Fernsehen hörst. Sie sagen dir, wenn du mit einem Jungen zusammen bist, der dich wirklich liebt, und du dafür bereit bist, dann kannst du Sex haben. Keiner kapiert diese Slogans wirklich, weil sie einfach nichts bedeuten. Es ist so, als gäbe es eine Checkliste. Wenn sich herausstellt, dass alles in Ordnung ist, kannst du anfangen mit Sex. Das ist es, was ich gelernt hatte. Meine Mutter war darüber völlig empört. Sie sagte, das sei eine fürchterliche Sache und ich solle es nicht tun. Von da an erzählte ich meiner Mutter nichts mehr.

Die Botschaft, die dir bei uns vermittelt wird, ist die: Du bist eine Frucht, die vom Baum gepflückt wird. Es wird von dir erwartet, dass du die Beine zusammenhältst, bis die Zeit reif ist. Grundsätzlich betrachtet wird erwartet, dass du beides bist: Mutter und Hure. Die Hure kommt nur ans Tageslicht, wenn du mit deiner wahren Liebe zusammen bist. Wenn sie nicht rauskommt, bist du frigide, langweilig, ein Ärgernis – und niemand möchte Sex mit dir haben.

Andererseits sollte es nicht an die Außenwelt dringen. Denn da draußen bist du die Mutter, völlig unbeeinflusst von diesen sexuellen Gefühlen. Es wird von dir erwartet, dass du eine zurückhaltende Frau bist, die ihre Grenzen kennt. Es wird von dir erwartet, dass diese beiden Charaktere die ganze Zeit in dir leben. Aber du musst sie voneinander unterscheiden können. Es wird erwartet, genau zu wissen, wann die jeweilige Seite in Erscheinung treten darf.

All diese Regeln sind grundsätzlich frauenverachtend. Sie sind von Menschen gemacht, die Angst vor Frauen, Angst vor ihrer eigenen Sexualität haben, die Angst haben, mit etwas konfrontiert zu werden, das sie nicht kontrollieren oder erobern können. Deshalb sind Orgasmus und autoerotisches Vergnügen so wichtig. Denn sogar ich fühle mich, nachdem ich über diese Dinge gelesen, nachgedacht und mich damit auseinandergesetzt habe, noch immer kontrolliert. Ich kann nicht davor weglaufen, weil ich eben so bin. Dennoch erleichtert dich dieser kurze Moment. In diesem kurzen Moment bist du frei. Aber du kannst nicht völlig frei sein.

Das ist etwas, was ich für mich selbst verstanden habe, als ich meine ersten sexuellen Erfahrungen machte. Ich erkannte, dass es mir wirklich wichtig war, wie ich aussehe. Und ich gab mir Mühe, so auszusehen, wie ich es im Fernsehen gesehen hatte, in Spielfilmen, in der Werbung – in der Art und Weise eben, wie Sex aussehen sollte. Das bedeutet nicht, dass es so aussehen sollte, wie ich wollte, dass es sein sollte, sondern es sollte so aussehen, wie es auszusehen hat. Es wird erwartet, dass ich meinen Fuß so und so platziere und ich soll mich hinstrekken. All diese Dinge gingen mir durch den Kopf, als ich Sex hatte. Es war sehr wichtig für mich, so auszusehen, wie eine Frau eben aussieht, wenn sie eine sexuelle Begegnung hat.

Wenn du einen Orgasmus hast, kannst du in diesem Moment nichts kontrollieren. Ich versuchte, mich zurechtzumachen, um hübscher auszusehen, aber es geht nicht. Wenn ich heute einen Orgasmus habe, dann sehe ich genauso aus wie damals, als ich fünfzehn war. Vielleicht hängt es auch von der Stärke ab. Es ist wirklich wie ein Niesen, weil du für den Bruchteil einer Sekunde, in manchen Fällen auch länger, die Kontrolle verlierst. Das geschieht, wenn dein Körper völlig in den Reflex kommt, weil du das Niesen nicht kontrollieren kannst, du kannst nicht kontrollieren, wie dein Körper sich bewegt. Es ist wie eine animalische Ermächtigung über die scholastische, immerzu denkende, postmoderne Mentalität, die von dir erwartet wird.

Den ersten Sex, der mich zum Orgasmus brachte, hatte ich mit einem Typen, den ich später zu meinem Freund machte, einzig und allein darum, weil er mich kommen ließ. Es gab keinen anderen Grund – er war ein Idiot. Ich fühlte mich, als wären wir füreinander gemacht. Orgasmus war etwas, das mit ihm zusammen kam. Ich sah es wirklich nicht anders. Ich wusste es damals nicht besser. Ich denke, ich rationalisiere da, was ich fühlte. Es war zu Silvester. In Israel feiern wir das ziemlich heftig, obwohl es ein christlicher Feiertag ist. Ich hatte ihn ein paar Monate zuvor kennengelernt. Ich lebte allein und war achtzehn Jahre alt. Als ich nach Tel Aviv kam, lebte er dort, und ich besuchte ihn. Es war das erste Mal, dass wir Sex hatten. Es geschah in der Wohnung seines Freundes. Wir saßen dort mit seinen Freunden und später gingen sie feiern und wir blieben da.

Wir gingen in eines der Schlafzimmer und hatten dort Sex. Es war wirklich verwirrend, denn ich kam und war völlig geschockt. Ich tat etwas ganz Seltsames: Ich hielt meine Hand zum High-Five und sagte ihm: »Du bist der Größte!«, ich sagte so etwas wie: »Du bist der King, oh ja!« Ich sagte: »Oh, Mann, das war geil!« Und von diesem Moment an begann ich Sex zu mögen. Ich fühlte mich nicht wirklich von ihm angezogen. Aber nachdem wir angefangen hatten, zusammen etwas zu machen, wurde er wirklich attraktiv für mich. Er wurde zu einer echt sexuellen Person. Das passierte ziemlich schnell.

Während unserer ganzen Beziehung hatten wir niemals Verkehr, der länger als sechs Minuten dauerte. Aus irgendeinem Grund war ich so erregt, dass ich ganz schnell kam, und das war wirklich überraschend. Ich hatte das nicht erwartet, weil ich niemals zuvor in meinem Leben so etwas gefühlt hatte. Ich war einfach unvorbereitet. Es war ein absoluter Schock und es war auch erstaunlich. Am Anfang hatte ich keine Erwartungen. Ich dachte, es würde so sein wie all die anderen Male, als ich Sex hatte: Spaß am Anfang, ein wenig ärgerlich zum Ende hin, und dann kommt er und ich könnte das weitermachen, was ich vorher getan hatte. Ich dachte also, es würde so ablaufen. Aber wie sich herausstellte, tat es das nicht.

Es begann einfach mit Küssen. Dann zogen wir uns aus und ich wusste, dass wir Sex haben würden, was OK für mich war. Ich war nicht dagegen. Er war nett und ich machte mir keine Gedanken. Er kam in mich hinein und er war sehr aufgeregt. Er musste sich beständig zurückhalten. Das brachte mich dazu, mehr auf mich selbst zu achten. Ich fühlte mich hübscher. Ich fühlte mich als sexuelles Wesen. Ich glaube nicht, dass ich mich bis dahin je so gefühlt habe. Auch wenn Leute mir das gesagt haben, fühlte ich mich niemals so. Ich fühlte mich immer wie ein Junge. Aber er behandelte mich tatsächlich wie ein sexuelles Wesen. An einem bestimmten Punkt war er so nah dran – ich denke so nach zwei Minuten – dass er innehielt und begann, mich zu lecken. Ich denke, er wollte eine Auszeit. Ich denke nicht, dass das körperlich von Bedeutung war, denn er war nicht gut darin. Aber es war wichtig für mein Gefühl, dass er gleich explodieren würde und deshalb eine Pause brauchte. Ich fühlte mich verbunden mit seinem Erlebnis, dass ich so sexy für ihn bin, dass er sofort kommen würde, wenn er weitermacht. Ich fühlte mich also so, wie er mich sah. Das ist der wichtigste Aspekt für meinen Orgasmus – mich als sexuelles Wesen zu fühlen.

Ich erinnere mich, dass ich ungeduldig wünschte, dass er wieder in mich eindränge. Das war nicht normal für mich – nur dann, wenn ich wirklich betrunken war. Als er es tat, war es sehr schön. Ich fühlte mich toll und so richtig heiß und plötzlich überraschte es mich. Es war nicht so, wie meine künftigen Orgasmen werden sollten. Ich hatte keine Ahnung, dass ich schon so nah dran war. Es kam über mich – bumm! Ich denke, dass ich schon Töne von mir gab, weil ich das auch vorher schon immer tat, da dies ja so sein sollte. Ich dachte mir eben, ich müsste Feedback geben. Aber dieses Mal und all die anderen Male hinterher klang meine Stimme anders für mich. Sie klang echter. Das also war mein erster Orgasmus.

Danach kamen seine Freunde wieder zurück, wir hatten keinen Ort, wo wir bleiben konnten. Deshalb gingen wir ins Wohnzimmer. Dort hatten wir noch dreimal Sex, weil ich ihn dazu brachte. Er fühlte sich nicht wohl, weil seine Freunde um uns herum waren. Aber ich musste mehr herausfinden über das, was geschehen war. Fast jedes Mal, wenn wir Sex hatten, kam ich zum Orgasmus. Mit der Zeit fand ich ihn immer attraktiver, immer interessanter und intelligenter, obwohl er das gar nicht war. Ich war so in diesem ganzen Erlebnis befangen, dass mir alles andere ziemlich egal war.

Mein stärkster Orgasmus war am stärksten, weil ich ihn nicht erwartete. Ich bin nie gekommen, wenn ich oben war, weil es sich nie entspannt genug anfühlte. Es geschah nach einem Gespräch mit meinem Partner. Mit ihm hatte ich die bedeutungsvollste erotische Beziehung, die ich gehabt habe, weil sie lang war und es wirklich darum ging, die Sexualität des anderen zu erforschen. Wir gingen richtig in die Tiefe und experimentierten. Alles, was uns in den Kopf kam, ob es etwas war, das wir, oder etwas, was andere erotisch fanden, probierten wir aus. Wir nahmen die Dinge an, die wir mochten, und wir vertieften sie. Es war ein experimenteller Zustand meiner und seiner Sexualität. Den Tausch der Geschlechterrollen war auch etwas, das wir erforschten. Wir spielten die Rollen miteinander. Er war die feminine Seite und ich die maskuline. Wir begriffen, dass wir immer um dieses Thema gekreist waren, auch wenn wir vorher noch nicht vollständig dorthin gekommen waren – dahin, dass ich die männliche und er die weibliche Rolle spielte.

Einmal erzählte ich ihm, dass ich nie kam, wenn ich oben war. Er fragte mich nach dem Grund. Ich sagte: »Ich weiß nicht.« Und er sagte: »Vielleicht ist es, weil du nicht denkst, dass du es kannst!« Ich sagte ihm: »Ich weiß es nicht, doch ich glaube, es ist mehr als das.« Er sagte: »Lass es uns versuchen!«, und so versuchten wir es. Aus irgendeinem Grund fühlte es sich sehr intensiv an und es war fast so, als würden wir in die Vergangenheit reisen oder als wären da all die verschiedenen Persönlichkeiten, die wir gehabt hatten im Laufe der Jahre – wie Reinkarnationen. Ich empfand es so, als ob all diese Reinkarnationen zu diesem einen Moment führten. Es war wirklich sehr intensiv. Ich kam dieses Mal, aber seitdem ist es mir nie wieder in dieser Position gelungen. Das war das einzige Mal. Und es war wirklich besonders. Es fühlte sich einfach richtig an und dauerte wirklich sehr lange – für mich und für ihn. Er hatte einen fast femininen Orgasmus. Wir waren außerdem wirklich zugedröhnt, aber ich war sowieso ziemlich zugedröhnt während dieser Periode meines Lebens.

Was es so mächtig gemacht hat, war die Tatsache, dass es das erste Mal war – das einzige Mal – dass ich jede Einzelheit beim Sex kontrolliert habe, denn ich bat ihn, sich nicht zu bewegen, und so kontrollierte ich alles. Ich fühlte mich fast so, als ob ich das Zentrum von allem war – nicht das Zentrum als jemand, die versucht, die andere Person zufrieden zu stellen, sondern als jemand, die beide Parteien befriedigt. Das Gefühl der Reinkarnation hatte auch eine wichtige Auswirkung, weil ich fühlte, dass es beinahe so etwas wie eine spirituelle Angelegenheit war, obwohl ich überhaupt kein spiritueller Mensch bin. Aber es war echt spirituell. Ich hatte Träume über diese Frau, die vor mir da war, und ich wusste, dass sie ich war. Sie war eine Renaissance-Vagabundin, die jeder hasste. Alle Männer hassten sie, weil sie sexuell sehr attraktiv war. Ich war sie, und alle Ereignisse aus ihrem Leben zeigten sich in meinen Träumen. Und wenn wir Sex hatten, dann fühlte ich mich so, als wäre ich sie und dazu noch eine Reihe anderer Frauen. Mein stärkster Orgasmus hatte mit Macht zu tun, weil ich so selten meine Macht abtrete. Und das ist es, warum ich ein Problem habe, Orgasmen zu erreichen, wenn ich oben bin. Denn ich muss immer alles planen und ich achte sehr auf die andere Person. Ich kann mich nicht genug entspannen, um mir selbst den Orgasmus zu gestatten. Aber damals war ich völlig entspannt und es fühlte sich so an, als ob alles, was ich tue, richtig wäre.

Eine Fantasie kam über mich, als ich schlief. Sie war wirklich eigenartig. Ich hatte – und habe seitdem – so etwas nie wieder erlebt. Ich träumte, dass ich ein afrikanisches Mädchen in meiner Hochzeitsnacht sei. Und es war das erste Mal, dass ich Sex mit meinem Ehemann haben sollte. Er war eine große schwarze Person, die kaum sprach. Er betrat dieses Zelt und begann sofort, Sex mit mir zu haben. Offensichtlich spürte ich das Gleiche im tatsächlichen Leben. Ich wurde wach, als ich kam. Ich fühlte mich in Hitze und die Bewegung meines Beckens aus dem Traum befand sich im Einklang mit der Wirklichkeit. Ich versuchte, diese Erfahrung zu wiederholen. Ich versuchte, an dieses Szenario zu denken, als ich masturbierte. Aber es blieb eine einmalige Angelegenheit. Ich hatte keine Ahnung, warum ich von dieser besonderen Erfahrung träumte, denn ich fühlte mich nie zu Zelten hingezogen. Diese ganze Reihe von Bildern kam aus dem Nichts.

Ich nehme an, dass es ziemlich schwer ist, über die künftige Rolle des Orgasmus zu sprechen, denn ich glaube, dass Orgasmus viel politischer ist, als es scheint. Er hat viel mehr mit Geld zu tun und mit Schönheitsidealen und mit all den Dingen, die für die Gesellschaft wirklich wichtig sind. Es ist für die Gesellschaft sehr wichtig, dass Frauen weiterhin unter dem Druck stehen, in einer bestimmten Art und Weise aussehen zu wollen und sich in einer bestimmten Art und Weise zu benehmen, sodass sie sich nicht von ihrer Sexualität steuern lassen. Ich denke, es wird immer einen Kampf zwischen der weiblichen Befreiung der Sexualität und der Gesellschaft geben. Wenn eines Tages wir die Welt beherrschen, wird es anders sein. Aber solange die Männer die Welt regieren, wird Orgasmus ein Zankapfel sein.

Wenn Männer die Welt regieren, verbinden sie Orgasmus mit einem bestimmten Ort und einer bestimmten Zeit. Orgasmus muss bestimmten Regeln folgen. Es ist nicht frei. Ich denke, so lange Männer die Welt regieren, wird er nicht frei sein. Ich denke sogar, wenn Frauen die Welt beherrschen würden, könnten mehr von ihnen zum Orgasmus gelangen, denn dann wären sie in der Lage, ihre Sexualität wirklich zu erschließen und würden keine Schuld und keine Angst fühlen, sich nicht so fühlen, als würden sie ihre Rolle als Frau nicht erfüllen. Wenn wir vielleicht eines Tages die Welt beherrschen, werden Orgasmen frei sein.

Marion (Deutschland)
»Ich ging einfach zur Toilette und brachte mich zum Orgasmus«

Orgasmus ist das intensivste und angenehmste Körpergefühl, das ich kenne. Wenn ich es mir vorstelle, dann beginne ich zu lächeln – wahrscheinlich, weil Orgasmus mich einfach glücklich macht. Orgasmus ist der Aufbau von Energie, die sich auf einen bestimmten Punkt konzentriert: meine Vagina. Alle dem Körper zugängliche Energie wird in diese eine Richtung gelenkt. Es ist eine bewusste Entscheidung: Du erlaubst oder befiehlst der Energie zu fließen. Dieser Energieaufbau wird an einem gewissen Punkt so stark, dass er sich ins Universum entladen muss. Danach fühlst du Erlösung und Freiheit.

Das ist die eine Möglichkeit, Orgasmus zu beschreiben.

Ich sehe jedoch auch eine andere, in der Orgasmus nicht so stark von einem bewussten Spannungsaufbau abhängt, sondern auf natürliche Weise geschieht. Diese ist nicht so hart oder brutal wie die Willenskraft-Version. Wenn der Aufbau natürlich ist, dann passiert es oder es passiert nicht, es kann auch einfach vergehen. Auf eine solche Art und Weise Orgasmus zu erleben, macht mich glücklicher und geschieht, wenn ich völlig entspannt bin. Ich habe dann nicht den Druck, alles auf diesen einen Punkt zu konzentrieren – ich muss nicht so viel Mühe aufwenden. Es baut sich von selbst auf – aber ich muss es geschehen lassen. Dieser Orgasmus wird durch Berührung hervorgerufen. Die Berührung kann sehr subtil sein. Verschiedene Male erlebte ich den Orgasmus während einer Massage, einmal geschah er sogar nur durch Berührung und sanfte Bewegung im Wasser. Ich habe bemerkt, dass bestimmte Teile meines Körpers stärker reagieren als andere. Wenn der

Körper bereit ist, dann ruft die Berührung einen starken Energiestrom hervor, der direkt in meine Vagina fließt und zum Orgasmus führt. Das kann innerhalb weniger Sekunden geschehen, wahrscheinlich sogar, ohne dass es von der Person, die das in mir ausgelöst hat, bemerkt wird.

Ich sehe diese beiden Möglichkeiten als verschiedene Wege, um zum gleichen Ergebnis zu kommen – Spannungsabbau. Und jede davon hat ihre eigene Attraktivität. Der eine Weg ist eher militärisch, du übernimmst die Kontrolle über dich und löst eine mächtige Reaktion aus. Der andere ist natürlicher, demokratischer und hat mehr Raum für Interaktion und Kommunikation, was ich selbst in sexuellen und erotischen Dingen mehr mag. Der erste hängt nicht von irgendjemand anderem ab – du kannst es dir selbst machen und alles wird so, wie du es verlangst und es dein Körper möglich macht. Für den zweiten braucht es Kommunikation, Erregung, Berührung – das ist in vielerlei Hinsicht bedeutend spielerischer.

Ich kann mich immer noch an meinen ersten Orgasmus erinnern, aber ich erinnere mich mehr an den Akt selbst als an das Gefühl. Es war ungefähr ein Jahr, nachdem ich in einer freizügigen Zeitung das erste Mal etwas über Orgasmus gelesen hatte. Ich war noch ein Mädchen und hatte keine Vorstellung davon, was Orgasmus bedeutete. Der Zeitungsartikel berichtete: »Ich hatte zwanzig Orgasmen«, aber ich hatte noch keinen einzigen, ganz zu schweigen von zwanzig! Ich wollte mehr herausfinden, aber ich wusste nicht, wie. Irgendwie entdeckte ich ein paar Bücher im Schrank meiner Eltern und sie enthielten einige Beschreibungen davon, wie sich Frauen mit Hilfe von Bananen oder anderen Objekte zum Orgasmus verhelfen können. Deshalb dachte ich, ich sollte irgendetwas benutzen, aber nach Bananen war mir nicht – nicht sauber genug in einem Haushalt, in dem du dazu angehalten wurdest, immer die Hände zu waschen.

Um es zusammenzufassen, ich wagte es nicht, »sie« mit der Hand zu berühren. Dort befand sich eine Tabu-Zone, die keinen Namen mit einem positiven Beiklang hatte. Ich entschied mich, das abgerundete Ende eines Bleistiftes zu benutzen. Ich weiß nicht, warum ich zum Bleistift griff – vielleicht empfand ich ihn als einziges Instrument, das mir zu nutzen erlaubt war. Ich war wahrscheinlich zwölf, vielleichtdreizehn und ich durfte nicht darüber reden. Ich musste die Erforschung allein betreiben, mit meinem Körper als Objekt. Weil ich mein Jungfernhäutchen nicht zerstören wollte, versuchte ich mich an meiner Klitoris. Ich war allein und sicher, dass ich nicht gestört werden konnte. Es dauerte eine Weile, bis ich den Orgasmus kommen spürte: Das Blut konzentrierte sich in dieser speziellen Region und so schloss ich meine Augen, als das Blut meinen Kopf zu verlassen schien. Es war keine Leidenschaft dabei; ich war bloß im Bett und hatte eine Decke über mich gebreitet. Nach einer Weile entspannte ich mich und erlaubte mir, noch weiter in das Gefühl hineinzugehen. So brachte ich meinen ersten Orgasmus zustande. Ich fühlte mich erlöst, weil ich wusste, dass ich es getan und begriffen hatte.

Meine stärksten Orgasmen traten auf in Zeiten von extremen Konflikten oder Stress, insbesondere als ich Studentin war. Ich musste meine Masterarbeit fertig stellen und fühlte mich unter doppeltem Druck. Zum einen wollte ich gute Resultate erzielen, zum anderen gab es Zeitdruck. Zur selben Zeit befand ich mich in einem persönlichen Dilemma: Mein jetziger Ehemann wollte eine Beziehung mit mir eingehen, obwohl er zu dieser Zeit verheiratet war. Er hatte eine Ehefrau und zwei kleine Kinder, und das stand im Kontrast zu meiner Erziehung und zu meinen Prinzipien, mich nicht mit einem verheirateten Mann einzulassen. Dennoch vertraute ich ihm und wir hatten eine liebevolle Beziehung. Ich kannte ihn schon seit knapp zwei Jahren, und wir hatten in dem letzten halben Jahr zusammen gearbeitet. Er war ein vertrauenswürdiger Mann und ich mochte ihn, aber sein Wunsch löste einen großen Konflikt in mir aus. Ich wollte ihm vertrauen und seinen Antrag annehmen. Ich war Single und suchte nach einem Partner und war an einem Mann interessiert. Aber es war gegen meine Vorsätze.

Spannung baute sich auf, weil ich mit meiner Masterarbeit vorankommen wollte und gleichzeitig den Wunsch hatte, den Mann zu sehen, zu dem es mich leidenschaftlich hinzog. Um mich zu beruhigen begann ich, Bier zu trinken – deutsches Bier ist dafür gut geeignet. Dann fand ich einen anderen Weg, die Spannung loszuwerden, zumindest dann, wenn sie zu groß wurde, während ich in der Universitätsbibliothek arbeitete. Ich ging zur Toilette und brachte mich zum Orgasmus. Das waren meine stärksten Orgasmen. Manchmal fühlte ich mich so, als ob ich keine Schmerzen mehr spüren könnte. Ich fühlte mich so angespannt, dass ein Messerstich keine Wirkung gezeigt hätte. Und deshalb waren die Orgasmen sehr stark. Ich tat es wieder und wieder, um arbeitsfähig zu sein. Nach dem ersten Orgasmus waren die folgenden leicht zu erlangen, meist innerhalb von Sekunden. Ich hatte Glück, dass ich das tun konnte, sonst wäre ich aufgrund der Anspannung vielleicht krank geworden. Es half mir, in meinem Leben weiter tätig zu sein.

Das ist eine der besten Auswirkungen von Orgasmus: Dass das Blut dann überall hinfließt. Zu dieser Zeit waren meine Orgasmen also eine Möglichkeit, den Druck meiner Bedürfnisse und moralischen Vorstellungen zumindest kurzfristig loslassen zu können. Ich machte sie mir immer an meiner Klitoris, weil das der leichteste und schnellste Weg für mich war. Ich fand heraus, dass ich durch das Hervorrufen von Orgasmen einen großen Teil von meinem Stress abbauen konnte – zumindest den körperlichen – und meine Balance zurückgewonnen habe. Das Blut zirkulierte danach gleichmäßig durch meinen Körper.

Ich muss dazu allein sein und kann mich selbst normalerweise nicht zum Orgasmus bringen, wenn jemand mit mir zusammen ist, außer diese Person hat viel Zeit, Geduld und Interesse an mir.

Als Kind war es für mich verboten, Fantasien zu haben. Fantasien, so wurde mir gesagt, wären etwas für weltfremde Leute, die außerhalb dieser Welt lebten und es niemals zu etwas bringen würden. Nur das echte Leben zähle. Später erkannte ich die Bedeutung von Fantasien für Orgasmen. Ich entdeckte, dass ich leichter zum Orgasmus kam und mein Erleben intensiver war, wenn ich Fantasien hatte. Ich fasste den Mut, diese Fantasien, die für mich erotisch sind, zu akzeptieren. Sie haben gewöhnlich mit mehreren Männern zu tun, nicht nur mit einem. Diese Männer sind immer sehr wild darauf, mit mir Sex zu haben – sie scheinen das zu brauchen. Sie sind jedoch Teil meines Traumlebens und niemand, den ich tatsächlich im wirklichen Leben kenne. Ich sehe ihre Gesichter nicht, aber ich fühle ihr Begehren und sehe ihre Körper. Eine der Fantasien, an denen ich mich eine ganze Weile erfreute, war es, eine Königin zu sein. Ich wählte Männer aus meinem Reich aus, um mit ihnen Kinder zu machen. Sie warteten alle auf mich und wollten mit mir zusammen sein, weil ich so schön und mächtig war. Ich lag auf einem Altar, der mit Rosenblättern bedeckt war. Wenn es schnell und heiß hergehen soll, stellte ich mir vor, ich liege auf einem Tisch. Der Sinn unserer Handlung war der sexuelle Akt. Ich brauchte nicht über richtig oder falsch nachdenken, weil wir einem höheren Zweck dienten, wir auserwählt, für unser Land Nachfahren zu erschaffen.

Ich hoffe, dass im freien Austausch über Orgasmen ein wichtiger Teil unserer Zukunft liegt. Viele Probleme können dadurch gelöst oder erleichtert werden. Wenn ich nicht schlafen kann, verschaffe ich mir einen Orgasmus, und diese Befreiung lässt mich leicht einschlafen. Für viele Menschen könnte es ein Weg zu Entspannung, Schlaf und Glück sein, wenn es ihnen erlaubt wäre oder sie es sich selbst erlauben würden, Orgasmen frei zu erleben. Es wäre eine Erlösung von einem Tabu. Ich denke, dass die Menschen viel glücklicher sein werden, wenn sie miteinander teilen können und wenn sie frei sind.

Sadie Lune (Vereinigte Staaten) »Je lauter ich werde, desto kraftvoller durchströmt der Orgasmus meinen gesamten Körper«

Für mich ist Orgasmus eine sehr potente und autonome Quelle des Vergnügens. Sie steht nicht im Fokus, aber gehört definitiv zu einem Teil meines Lebens als Sex-Arbeiterin. Orgasmus ist nicht unbedingt eingeschlossen im Umgang mit meinen Kunden oder bei Erfahrungen mit Sexarbeit. Aber er spielt eine wichtige Rolle für meinen Lebensunterhalt. Ich denke, er ist eine der grundlegenden Formen von Selbstfürsorge und Selbstfindung. Orgasmen kommen in verschiedenen Varianten. Einige sind nicht groß der Rede wert und andere verändern dein Leben. Die meisten liegen irgendwie in der Mitte. Etwas, das eine fortgesetzte Verbindung von Menschen über einen langen Zeitraum ermöglicht oder dir helfen kann, dich besser zu fühlen, wenn du ein wenig zusätzlichen emotionalen Beistand brauchst. Oder sie geschehen eben nur aus Vergnügen, und ich denke, all dies ist berechtigt.

Ich denke aber auch darüber nach, welch eine unglaublich effektive und zerstörerische Form von Kontrolle es ist, wenn Machtsysteme versuchen, Orgasmus zu kontrollieren. Das geht so weit, dass entschieden wird, wer sie bekommen soll, unter welchen Umständen und wie sie zustande kommen sollten, mit wem oder mit wem nicht und all das. Das ist eine intensive Form der Kontrolle und eine machtvolle Art und Weise, in die Köpfe der Leute einzudringen.

Es gibt Menschen, die wegen der Kirche oder wegen ihrer Kultur oder wegen was auch immer keinen Orgasmus haben können, wenn sie sich einen wünschen. Sie dürfen ihn sich nicht selbst machen, und sie dürfen ihn nicht außerhalb der Ehe erleben. Das kann an einem bestimmten Punkt von großer Bedeutung für eine Eheschließung sein, etwa zu einer vorschnellen Heirat oder einer Hochzeit mit der falschen Person führen. Oder sie heiraten nicht, fühlen sich aber schrecklich, weil sie ihn sich selbst machen oder dies außerhalb dieser heiligen Institution tun. Die große Macht hierarchischer Systeme zeigt sich in dem, wie sie Sexualität kontrollieren. Aber es kann auch etwas sehr Unabhängiges darin liegen. Du brauchst nämlich nichts weiter. Du musst nicht reich sein, du brauchst keine weitere Person, du musst nicht einer bestimmten Rasse oder einem Körpertyp entsprechen. Du brauchst nichts weiter außer deinem eigenen Körper – zumindest betrifft das die meisten Menschen.

Ich glaube nicht, dass ich mich an meinen ersten Orgasmus erinnern kann. Aber ich erinnere mich genau an den Zeitrahmen, als ich begann, Orgasmen zu haben. Ich denke, ich begann recht spät, irgendwann zwischen elf und dreizehn. An was ich mich am besten erinnern kann ist, dass es zu dieser Zeit in den USA plötzlich überall jede Menge von diesen Massagedingern gab. Die waren recht preisgünstig und fast allgegenwärtig. Meine Mutter hatte Nackenprobleme und sie bekam ein paar davon zu Weihnachten geschenkt. Sie waren klein und hatten solche Knubbel dran. Und dann hast du sie einfach irgendwie angestoßen und sie begannen zu vibrieren, weil sie eine Batterie enthielten. Ich nahm mir eins davon aus ihrer Schublade. Und ich sammelte auch sehr gern die Victoria's-Secret-Kataloge, die mein Vater abonniert hatte. Ich hatte also den kleinen Massagestab und den Katalog unter meinem Bett. Und so legte ich mich hinein. Ich hab das Gefühl, dass es ein Nachmittag war, als ich den kleinen vibrierenden Stab benutzte, während ich im Victoria's-Secret-Katalog die Damen in ihrer Unterwäsche betrachtete. Ich denke, so ist das gewesen.

Ich glaube nicht, dass ich den einen stärksten Orgasmus gehabt habe. Ich denke, ich habe eine ganze Palette an Orgasmen. Manchmal sind sie sehr klein und leicht, und manchmal brauche ich eine Stunde, um mich davon zu erholen. Die fühlen sich an, als ob mein ganzer Körper aufbricht. Oder manchmal, wir nennen das den »kosmischen Orgasmus«, gehe ich mental aus meinem Körper irgendwohin in den Weltraum. Solche Sachen eben. Ich habe also manchmal unglaublich starke Orgasmen, aber es gibt keinen stärksten. Ich denke, je älter ich werde, desto stärker werden sie, weil ich eine Menge Techniken erlernt habe, zum Beispiel Atemtechnik und Visualisierung, oder wie ich Energie in meinem Körper rauf und runter bewegen kann. Für mich fühlt sich das so an, als ob Orgasmus eine Übung ist, die ich im Laufe der Jahre immer besser hinbekomme.

Heute kann ich Orgasmen haben, bei denen ich fühle, wie all meine Körperenergie aus meinem Kopf hinausschießt, und manchmal habe ich Orgasmen, bei denen ich anfange zu singen. Und zwar in einer fast opernhaften Weise, die ich nicht drauf habe, außer während dieser speziellen Art von Orgasmus. Mein Partner nennt es den Sirenengesang. Es sind verschiedene Noten, ich singe keine Wörter oder so was. Für mich hängt die Stärke eines Orgasmus oft mit seiner Vokalisierung zusammen. Es ist schwer für mich, einen super-starken Orgasmus zu haben und dabei nicht eine Menge Lärm machen zu können. Und oftmals ist es so: Je lauter ich werde, desto kraftvoller durchströmt Orgasmus meinen gesamten Körper. Und oftmals kommen richtig, richtig starke nach vielen anderen. Ich habe es also schon auf etwa zehn Orgasmen hintereinander gebracht. Oder besser gesagt, das ist gewöhnlich so ein Bogen. Es gibt einige, dann folgt ein wirklich sehr, sehr super-starker und dann geht es wieder ein bisschen runter. Aber ich kann sehr viele Orgasmen nacheinander haben.

Die Situationen, in denen ich meine stärksten Orgasmen erlebe, sind solche, in denen ich mit einem geliebten Menschen Sex habe. Oder ich bin auf einer Sexparty oder etwas in der Art, wo ich Sex habe und eine Menge Dinge über einen längeren Zeitraum hinweg geschehen. Obwohl es mit einer PartnerIn, die ich liebe, stärker ist, kann es doch manchmal auch sehr stark sein, wenn ich Pornografie drehe. Ich denke, diese Situation ist ein wenig künstlich, und deshalb muss ich alle meine Ressourcen nutzen, um einen echten Orgasmus zeigen zu können. Und das bedeutet, dass sie manchmal sehr stark sind, weil ich viel Mühe aufwende, um sie hervorzubringen. Aber wahrscheinlich ist Sex mit einer PartnerIn oder besser gesagt zumeist Sex mit einer PartnerIn und meinem Vibrator die stärkste Kombination. Was tatsächlich passiert, kann sehr unterschiedlich sein. Oftmals werde ich mit der Hand stimuliert, während ich den Vibrator verwende. Oder manchmal ist etwas beteiligt, das mit meinem Hintern zu tun hat. Oder manchmal gebe ich jemandem Oralsex und benutze den Vibrator, und sie ficken mich vielleicht dabei. Das wechselt je nach den Gegebenheiten. Aber es hat mehr damit zu tun, eine Zeitlang sexuell beschäftigt zu sein.

Normalerweise habe ich keine superstarken Orgasmen, wenn ich einen Quickie mache. Eigentlich muss ich einige Stunden im Bett zubringen und Sex haben. Dann komme ich an diesen außerkörperlichen Trance-Ort, an dem du völlig im Sex aufgehst, an nichts anderes denkst und dich körperlich völlig offen fühlst. So wird eine Art von fortschreitender Offenheit geschaffen, die noch tiefer in den Sex hinein führt und in die Verbindung und in die Intimität.

Manchmal habe ich auch draußen richtig, richtig starke Orgasmen. Ich mag es sehr, Sex an öffentlichen Orten zu haben, auch wenn ich da normalerweise meinen super-starken Vibrator nicht dabei habe, weil er eine Steckdose braucht, und die gibt es in der Welt da draußen ja nicht. Ich mag für Sex sehr gerne interessante Plätze. Und manchmal kann der Ort den besonderen Effekt bieten. Einmal war ich in einem Tunnel in einem mittelalterlichen Dorf in Frankreich. Und unter diesem Tunnel floss ein Bach und mein Liebhaber fickte mich. Und wir lagen auf dem Boden an dem einen Ufer des Baches, in diesem Tunnel, in diesem Dorf. Und dort hopsten riesige Ochsenfrösche herum, und einer sprang und berührte meinen Fuß. Und mein Liebhaber fickte mich richtig hart und dann hatte ich einen richtig starken Orgasmus. Und ich schrie auch mächtig laut. Das war eine interessante Situation, weil wir in diesem winzigen Dorf waren, aber wir waren praktisch unter dem Dorf. Und es war nicht klar, wie viel sie hören würden.

Ich habe jede Menge Fantasien, wenn ich mir Orgasmen mache. Ich habe verschiedene Kategorien. Einige – besonders wenn ich allein bin – sind sehr mythologisch. Ich habe eine Fantasie von einer großen blauen Göttin mit Penis und Vulva. Der Penis sitzt oben auf der Vulva, und in dieser Fantasie gebe ich ihr Oralsex. Und beginnend mit den Füßen verfärbt sie sich immer mehr in Richtung Lila. Wenn sie ganz lila geworden ist, bis hinauf zu ihrem Gesicht, öffnet sie ihren Mund und hat einen Orgasmus. Und Regenbögen, Schlangen und allerlei Sachen schießen aus ihrem Mund. Und wenn sie ihren Orgasmus hat, dann bekomme auch ich meinen im wirklichen Leben. Dann gibt es noch eine, die ist auch sehr mythologisch, aber die habe ich jetzt nicht mehr so oft, doch sie war sehr mächtig, insbesondere zu der Zeit, in der ich mich selbst lehrte zu spritzen. Es war eine komplizierte Anordnung mit einer Meerjungfrau, und ich lag am Ufer eines Gewässers. Meine Hüften waren im Wasser und eine Meerjungfrau hat mich geleckt, während ich am Schwanz eines persischen Satyr-Typen saugte, der wiederum lutschte am Schwanz des Zentauren, welcher über ihm stand. Es war ein großer komplizierter Reigen mit all diesen mythologischen Kreaturen.

Ich habe auch Fantasien von süßen jungen Mädchen mit Zöpfchen und sadistischen Dingen, die ihnen angetan werden – normalerweise von mir, aber manchmal einfach generell. Einfach klassisch nach Schulmädchen aussehende Mädels, die schmutzige und sadistische Dinge tun. Manchmal ist es, als ob jede Öffnung gefüllt würde. Manchmal werden sie ausgepeitscht. Manchmal gibt es Bondage – solche Dinge eben. Sie mögen es, aber es ist auch ihre Aufgabe zu dienen. Wenn es schmerzt, dann tut es ihnen weh. Aber es ist mehr so, dass sie keine Kontrolle über das Geschehen haben; sie müssen es einfach hinnehmen. Meine Vorstellungen über gegenseitiges Einverständnis sind jedoch so stark, dass es sich nicht anfühlt, als würde ich etwas Bösartiges tun, das irgendwer wirklich hassen könnte. In meiner Fantasie sind es Mädchen, die zum Dienen da sind und alles hinnehmen, was ich ihnen gebe. Dazu sind sie da und das ist es, was sie mögen. Es geht also nicht um tatsächliche Folter. Es geht um schmutzigen Sex.

Manchmal habe ich die Fantasie, einen echten Schwanz zu haben. Es gibt einige Mädchen, die diesen Wunsch in mir wekken und manchmal tut das auch mein Partner, der ein Trans-Mann ist. Und manchmal fantasiere ich darüber, einen echten Schwanz zu haben und Leute dazu zu bringen, an ihm zu lutschen oder sich in der einen oder anderen Art ficken zu lassen. Solche Sachen eben.

Sex ohne Fantasien zu haben, würde viel Arbeit bedeuten. Das, scheint mir, ist nicht, was unsere Gehirne normalerweise tun. Ich denke, dass die Gehirne der meisten Menschen in der Gegenwart leben und auch Erfahrungen oder Erinnerungen aus der Vergangenheit aufnehmen oder ständig neu kombinieren. Sex ohne Fantasien hört sich für mich nach einer buddhistischen Leistung an. Du musst dabei so völlig in der Gegenwart sein. Ich glaube, es ist relativ natürlich, dass dein Geist – wenn du dieses Erlebnis hast, dieses instinktive, energiereiche und emotionale Erlebnis und besonders dann, wenn es gut und wirklich erhebend und kraftvoll ist – mindestens auf Bilder von anderen Erfahrungen zurückgreift, die du gemacht hast, Dinge, die du gelesen hast, Bilder, die du gesehen hast, welche dir diese Art von Gefühl in der Vergangenheit vermittelt haben oder dir als irgendwie damit in Verbindung erscheinen.

Ich denke allerdings, dass das eigentliche Problem mit Scham zu tun hat. Es geht nicht nur um Orgasmus. Es geht um schamfreien Orgasmus. Du möchtest, dass andere Leute dich sehen, wie du wirklich bist. In beidem: in deinem absolut prachtvollen individuellen Glanz und als eine normale Person, die alltägliche Dinge tut und ihre Schwächen hat.

Amelia (Vereinigte Staaten) »Denn ich fühlte, dass etwas passieren würde«

Orgasmus ist etwas, nach dem es mich tief verlangt und das ich so oft wie möglich erleben möchte – genau genommen mehrmals am Tag. Ich bin ein Squirter – ich glaube, so wird weibliche Ejakulation genannt, und das macht ein besonderes Vergnügen, nicht nur für mich, sondern auch für meinen Partner. Ich kann gar keinen Orgasmus vorspielen – es ist ganz offensichtlich, wenn ich einen habe. Ich habe ganz unterschiedliche Orgasmen – je nachdem, welche Stelle stimuliert ist.

Es ist wahr, ich bin ein sexuell sehr großzügiger Mensch, aber gleichzeitig habe ich erkannt, dass ich damit sehr vorsichtig umgehen sollte. Ich muss mich zurückziehen und meine Balance finden, damit ich nicht zu viel von mir selbst gebe und darüber mich selbst vergesse. Das war die wichtigste Lektion, die ich gelernt habe. Ich habe so viel Zeit zugebracht, andere zufriedenzustellen oder meinen Partner glücklich zu machen, dass ich darüber vergaß, mir genügend Zeit zu nehmen, um für mich selbst zu sorgen. Als ich begann, meinen eigenen Bedürfnissen und dem, was ich mag, mehr Aufmerksamkeit zu widmen, wandelte sich alles zum Besseren.

Ich hatte meinen ersten Orgasmus, als ich ungefähr sechzehn war. Es war mit meinem ersten wirklichen Freund, mit dem ich ein bisschen herummachte und das Gefühl hatte, dass da mehr dabei war, aber ich wusste und verstand nichts von Orgasmus. Eines Tages habe ich einfach entschieden, dass ich es ausprobieren müsste. Also ging ich allein zu Bett. Ich hatte gute Musik aufgelegt, und die Weihnachtsbeleuchtung strahlte. Und ich hatte ein Handtuch parat, weil ich das Gefühl hatte, dass etwas passieren würde.

Ich denke, ich war ein wenig berauscht, und ich nahm meine Haarbürste. Ich erlebte meinen ersten Orgasmus allein mit mir und dem Griff meiner Haarbürste. Ich lag auf dem Rükken, zog die Beine an und schob meine Haarbürste (die noch immer mein bester Freund ist und der leichteste Weg zu kommen und dabei so einfach) in mich. Und es fühlte sich gut an. Es verging einige Zeit, bevor ich vor den Augen eines Freundes kam, aber seitdem kann ich Orgasmen zusammen mit einem Mann haben. Als ich meinen ersten Orgasmus erlebte, wusste ich nichts über Fantasien oder dergleichen – vielleicht habe ich dabei an meinen Freund gedacht. Doch ich war regelrecht darauf aus, zu wissen, wie weit ich mit diesem Gefühl gehen könnte. Das war also mein erster vaginaler Orgasmus, aber ich hatte auch klitorale und anale.

Ich hatte meinen ersten klitoralen Orgasmus ungefähr vor einem Monat. Ich fand das sehr aufregend, weil ich vorher nur durch Penetration dahin gekommen war. Ich hatte auch früher schon analen Sex. Doch obwohl es sich gut anfühlte, kam ich dabei nicht wirklich zum Höhepunkt. Vielleicht war ich nie entspannt genug, um mich dabei frei zu fühlen, vielleicht hatte ich nicht den richtigen Partner dafür. Jetzt kann ich sagen, dass das wahrscheinlich einer der intensivsten Orgasmen war, den ich je hatte. Es ist faszinierend zu erleben, wie all dies ohne jegliches vaginales Eindringen geschehen kann. Aber das ist meine persönliche Erfahrung. Ich weiß nicht, ob es einen bestimmten Weg gibt oder wie das Ganze funktioniert, aber mir gefällt das Ergebnis. Ich mochte oralen Sex nicht wirklich. Ich hatte immer das Gefühl: »Was machen die da unten?« und um ehrlich zu sein, die meisten wissen tatsächlich nicht, was sie tun. Deshalb bin ich auch erst seit Kurzem davon begeistert.

Wenn ich über solche Sachen spreche, dann war ich normalerweise wie auf einem Trip. Wir waren in dieser anderen Welt. Dafür brauchte ich keine Drogen. Es fühlt sich so an, als ginge man in eine animalische Existenz über. Du bist in einem rein tierischen Zustand, du musst dich neu erschaffen, auf den anderen springen, ihn begatten, ihn fressen und verschlingen. Das passiert, wenn dein Verstand auf nichts anderes gerichtet ist als auf den Atem oder die Haut des Anderen. Das bedeutet nicht, dass da irgendwelche konkreten Gedanken aufkommen oder auch nur Sprache. Es ist einfach Denken mit dem Körper, mit deinen Empfindungen, mit deiner Haut, deinem Atem, deinen Küssen und deinem Speichel. So fühlt es sich an. Es ist definitiv nicht von dieser Welt. Deshalb ist es ein wenig so, als wärst du auf Droge. Es ist nichts Alltägliches – es bringt dich in eine Welt, in der nur du und diese andere Person existieren: zu genau dieser Zeit, an diesem Ort und in diesem Moment. Und man kann es nicht wiederholen.

Ich denke, wenn alle solche Orgasmen hätten wie ich sie habe, wäre die Welt ein glücklicherer Ort. Ich hasse es, dies zu sagen, aber die Welt hat den Orgasmus ein wenig abgewertet.

Du kannst einen gefilmten Orgasmus an der Wand gegenüber anschauen. Wenn ich Nachbarkinder beaufsichtige, bin ich einfach schockiert über das, was sie sagen. Ich empfinde es so, als ob die wirkliche Empfindsamkeit, das wirklich tiefe Gefühl, das erreicht werden kann, nicht das ist, was die meisten Menschen als Ziel haben. Und das steht im Gegensatz zu dem, wie ich fühle, dass es sein sollte: Diese Welt verlassen und an einen Ort gehen, der keinerlei Einflüsse hat, nur dich und deine pure Seele, deinen puren Körper – so ursprünglich wie du in diesem Moment nur sein kannst. Um ehrlich zu sein, ich glaube nicht, dass die Dinge derzeit die beste Richtung nehmen. Kinder wachsen mit all diesen Rollenbildern auf – Achtjährige wollen sexy sein. Ich denke, das ist der völlig falsche Weg.

Ich bin sehr wählerisch. Ich weiß genau, was ich möchte und wie ich es mag. Ich weiß genau, was mich erregt. Das macht mich allerdings manchmal auch ein wenig ungeduldig. Wenn ich Sex habe, dann ziehe ich immer meine Beine zu den Schultern, und genau das ist das Entscheidende! Ich denke, die Position spielt eine große Rolle und mit dem normalen Missionarsakt kriegst du es nicht hin. Ich denke, du musst wirklich herausfinden, was für dich am besten passt.

Ich hatte den letzten sehr intensiven Orgasmus, an den ich mich erinnern kann, nachdem ich zwei Wochen verreist war. Nach einer Menge schmutziger Telefongespräche und E-Mails gab es ganz viel Vorfreude. Als ich zurückkam und meinen Liebsten sah, fielen wir in einen tranceähnlichen, fast rauschhaften Zustand, ohne irgendwelche Drogen genommen zu haben. Es gab eine echte Verbindung, und eine mächtige Energie floss zwischen uns. Und wir haben einander regelrecht verschlungen. Wir waren in einer anderen Welt und wir hatten ungefähr fünf Stunden Sex. Und ich hatte einige der unglaublichsten Orgasmen, die ich je gehabt habe.

Wenn du mit dem richtigen Partner zusammen bist, dann scheint alles noch besser zu laufen. Ich bin sehr konzentriert auf die Person, mit der ich zusammen bin, auf den jeweiligen Zeitpunkt, auf den Moment. Deshalb habe ich nicht so viele Fantasien. Ich weiß, dass sie vielleicht hilfreich sein können, aber in diesem Moment ist mein Liebster meine Fantasie. Das ist alles, was ich brauche.

Anna (Deutschland)
»Die Klitoris sieht aus wie ein Vogel«

Die Klitoris sieht aus wie ein Vogel, seine Schwingen unsichtbar.« An diesen Satz, den mir einmal eine Freundin sagte, musste ich zuerst denken. Der Körper und die Schwingen dieses Vogels liegen innen, umfassen von der Bauchseite aus die Vagina. Insofern ist die alte Debatte um die Frage »Gibt es einen vaginalen Orgasmus?« hinfällig, denn berührt man die Vagina von innen Richtung Bauch, berührt man auch den Körper der Klitoris, nur deren Kopf schaut heraus.

Auch musste ich daran denken, was eine befreundete Ärztin uns einmal zum Thema vortrug (sie hatte das vor Jahren auch in einem kurzen Absatz in einer frühen Ausgabe von »Mein lesbisches Auge« publiziert): Einen Orgasmus kann man nicht willentlich erzeugen. Er passiert durch die Kontraktion der »glatten« Muskulatur im Uterus und der Vagina. Diese Muskeln lassen sich nicht bewegen wie etwa Beinmuskeln oder andere Muskeln in der Vagina. Die Kontraktionen, auch die sogenannte weibliche Ejakulation, mit der Flüssigkeit aus einer Drüse spritzt, werden anders in Bewegung versetzt. Ein Orgasmus passiert etwa so: Ein Reflexbogen zieht sich vom Becken durch den ganzen Körper in das Diencephalon, das Zwischenhirn, und wieder zurück. Im menschlichen Gehirn gibt es das Großhirn, das willentliche Prozesse steuert, und das Stammhirn, das automatische Prozesse steuert. Das Diencephalon liegt dazwischen. Diesen Teil des Hirns haben auch Tiere. Er steuert nicht, sondern erzeugt gewisse Dinge, wie zum Beispiel den Orgasmus. Dieser Reflexbogen ist ein ständiges Hin und Her von Reizen, die vom Becken an das Gehirn gehen und umgekehrt, bis es sich irgendwann immer weiter hochschaukelt und im Orgasmus entlädt. Natürlich hilft Berührung, den

Reflexbogen in Gang zu setzen und hochzupushen, doch die Reize können auch vom Zwischenhirn ausgehen. Dies ist der Grund dafür, dass man Orgasmen haben kann, ohne sich zu berühren. Das fasziniert mich. Und natürlich kann dieser hin- und herschwingende Kreislauf auch leicht gestört und unterbrochen werden.

Orgasmus ist wichtig, er macht das Leben schöner. Orgasmus ist für mich ein Glücksgefühl, das stark mit einer intensiven körperlichen Empfindung verknüpft ist, und fast jede Nacht bereite ich mir einen zum Einschlafen.

Wann ich meinen ersten Orgasmus hatte, weiß ich nicht genau, ich kann mich nicht an Situationen aus der Kindheit erinnern, in denen ich masturbiert hätte, nur an einen ersten Orgasmus, den ich mir bewusst bereitet habe. Ich bin mir aber fast sicher, dass ich schon früher Orgasmen hatte. Es kann beispielsweise beim Fahrradfahren passiert sein, denn ich bin gerne mit dem Fahrrad zur Schule gefahren. Und kann mir vorstellen, dass es intensive Empfindungen beim Fahren gab. Aber vielleicht liegt diese vage Erinnerung auch an einer Bemerkung meiner Mutter, die sicher ironisch gemeint war, aber als Kind versteht man Ironie nur schwer und schon gar nicht zu Beginn der Pubertät. Sie sagte etwas wie: was machst du eigentlich, da kleben immer Haare in deinen Unterhosen. Es musste in der Zeit gewesen sein, als die Pubertät begann und die Haare kamen. Ich antwortete ohne nachzudenken: das kommt vom Fahrradfahren, die Bemerkung meiner Mutter war mir schrecklich peinlich.

Außerdem habe ich mir oft Abenteuergeschichten vor dem Einschlafen ausgedacht, die durchaus erotischer Natur waren. Zum Beispiel Indianergeschichten mit Gefangennahme, Marterpfahl, Befreiung. Im Zusammenhang mit diesen Geschichten kann ich mich auch an körperliche Gefühle erinnern. Ich weiß allerdings nicht, ob es sich dabei um Orgasmen handelte. Ich hatte eine relativ unproblematische Kindheit mit frei lebender Mutter, die nach meinem Vater noch einen anderen langjährigen Freund hatte, einer Tante, mit der ich über nahezu alles reden konnte, auch über manche Sachen, über die ich mit meiner Mutter nicht habe reden wollen (obwohl ich mit ihr auch über alles hätte reden können), und habe, soweit ich mich erinnere, keine Missbrauchs- oder Vergewaltigungssituationen erlebt. Diese leichten Gewaltfantasien konnten also nicht aus schlechten Erfahrungen kommen, sondern aus Leselust.

Als ich ca. achtzehn Jahre alt war, hatte ich schon einige sexuelle Erfahrungen mit anderen, Männern und Frauen, gemacht, jedoch immer das Gefühl, dass ich nicht zum Orgasmus kommen kann. Es war zwar meistens schön gewesen, ich war auch erregt und feucht, aber mehr passierte nicht, es brach vor dem Orgasmus ab, das wusste ich später. Ich hatte mich dann in Aufklärungsbüchern belesen, mich vor einen Spiegel gesetzt und so lange um die Klitoris kreisend selbst berührt, bis ich den ersten bewussten Orgasmus hatte. Ich hatte gelesen, dass man einfach immer weiter machen solle, nicht nachlassen, die Klit zu stimulieren.

Ich kann mich an einen starken Orgasmus erinnern, den ich mit einer Frau hatte, in die ich überhaupt nicht verliebt war. Wir lernten uns kennen, unterhielten uns und verstanden uns gut. Sie sagte in dieser Bar ziemlich oft, dass sie gerne einmal mit mir ins Bett möchte. Sie behauptete, dass sie gut darin sei, andere Frauen zu befriedigen. Ich empfand solches Reden als Angeberei; da ich aber sehr experimentierfreudig war, wollte ich es ausprobieren. Sie konnte es wirklich gut und die Erfahrung war sehr intensiv. Sie hatte genau die richtige Stelle getroffen – heute würde ich von G-Fläche sprechen, damals kannte ich das Wort noch nicht. Sie benutzte viele Finger, fast die ganze Hand und setzte diese im richtigen Winkel und stieß gegen die Bauchdecke. Ich konnte sie dabei beobachten, doch als ich kam, schloss ich die Augen. Diese Erfahrung überraschte mich, da ich dachte, dass man richtige Orgasmen nur haben kann, wenn man verliebt ist. Als ich kurz vor dieser Begegnung einmal sehr stark verliebt war und es endlich zu einem »ersten Mal« mit der Frau kam, die ich so lange umschwärmt hatte, verkrampfte ich mich. Meine Orgasmen gab es erst beim dritten Mal oder später. Mir brachte es ein Glücksgefühl, und eigentlich auch etwas wie orgasmische Empfindungen, die andere zum Kommen zu bringen.

Es fällt mir manchmal schwer, meine Empfindungen mit Worten zu beschreiben. Doch bei dem Orgasmus mit der Frau aus der Bar kann man wirklich von einem »Durchströmen« sprechen, da es das erste Mal war, dass ich bewusst ejakulierte. Es floss aus mir heraus und in mich hinein. Ich hatte in diesem Moment keine Körpergrenze zu ihr. Ich fühlte mich, als ob wir im selben Körper wären. Das Gefühl war jedoch nicht personalisiert, es hätte jede andere Frau sein können. Es war ein Gefühl des Außer-sich-Seins. Ein solcher Zustand lässt sich, wie oft in der Literatur beschrieben, mit dem Tod vergleichen, da die Welt in diesem Moment egal wird. Für eine Sekunde ist man jenseits von allem.

Danach machten wir gleich weiter. Sie benutzte dann einen großen Vibrator, zuerst auf den Lippen, an der Klit und dann in mir, auch das war damals neu für mich und erzeugte weitere heftige Orgasmen. Wenn das Gefühl einmal erzeugt wurde, lässt es sich ganz oft hintereinander wiederholen. Und irgendwann wollte sie von mir, dass ich sie fistete. Sie war eine ziemlich kleine Frau, meine Hand erschien mir enorm groß, viel zu groß, ich hatte keine Erfahrung mit Fisten – doch dann half mir die Erinnerung an eine Bildserie in einem Lesbenaufklärungsbuch. Ich machte meine Hand mit Gleitmittel nass und lang und schmal, die Frau weitete sich, ich »passte« in sie und spürte sie um meine Hand zucken und sich verströmen, auch das war sehr erregend. Später trafen wir uns noch ein paar Mal und immer waren die Orgasmen besonders intensiv. Einmal benutzte sie einen kleinen im Dunkeln grün leuchtenden Dildo, den hab ich noch vor Augen, weil ich ihn zuerst ziemlich albern fand, der dann aber wieder überraschend gut wirkte. Er war, wie soll ich sagen, rundlich geformt und hatte einen ziemlich dicken Kopf.

Ich hatte auch intensive Orgasmen, die daraus resultierten, dass ich unendlich in eine Frau verliebt war. In einer Beziehung hatte ich eine stärkere Bindung zu der anderen Frau als sie zu mir. Sie war eine, die immer die andere in Orgasmen treiben wollte, selbst aber Distanz hielt. Doch mich zum Orgasmus zu bringen, löste in ihr eine so starke Erregung aus, dass sie allein dadurch selbst zur Orgasmus kam, und mir ging es umgekehrt ähnlich. Es war eine Situation des Hin-und-her-Schwingens. Das ist das Schöne am Verliebt-sein, dass die Lust der anderen eigene Lust erzeugt und dass sich das gegenseitig hochschaukelt.

Orgasmus ist aus meiner Sicht also nicht zwingend mit Liebe verbunden, jedoch kann Liebe dem Phänomen noch eine andere Ebene hinzufügen. Wenn man mit einer Person zusammenlebt und ihre Vorlieben kennt, kann dies noch intensivere Erfahrungen bedingen.

Wenn ich mir selber einen Orgasmus bereite, habe ich immer Fantasien. Ich stelle mir dann ziemlich harte Geschichten vor, in denen auch die Frauen vorkommen, in die ich jeweils verliebt bin, aber auch andere. Es sind »klassische« Sexfantasien, wie man sie lesen kann. Die Fantasie ist ein großes Reservoir aus Gelesenem, Gesehenem, Erlebtem und auch aus Klischees, aus dem man schöpfen kann, wenn man sich alleine Lust bereitet. Und immer ist es weit brutaler, als ich es je in der Realität erleben möchte.

Obwohl ich lesbisch lebe, interagiere ich in meinen Fantasien mit Männern und Frauen. Sie stehen sehr aggressiv und stark vor mir. Ich selbst nehme meist eine passive Rolle ein. Als würde ich das »Überwältigtwerden« in der Fantasie brauchen, um die Empfindungen, die ich mir mit der Hand erzeuge, zu steigern. Zu Beginn ist es nur eine Person und später werden es immer mehr. Es wird dann in alle meine Öffnungen eingedrungen. Es gibt auch Fantasien, in deren Rahmen ich ausgepeitscht werde. Oft sind die Fantasien unrealistisch, anatomisch eigentlich unmöglich. Manchmal werden riesige silberne Dildos in mich hineingestoßen. Diese pornografischen Bilder erzeuge ich, wenn ich mir vor dem Einschlafen einen Orgasmus bereite. Beim Sex mit anderen braucht es keine »Verstärkung« der Empfindungen durch Fantasie. Oder selten. Wenn ich zum Beispiel in der langen Beziehung mit einer Frau, die mir sehr nah ist, die mir wichtig ist, ohne die ich mir das Leben schwer vorstellen kann, mal scharf bin auf eine andere bin, passiert es, dass diese anderen auch beim Sex mit meiner Partnerin eine Fantasierolle spielen.

Früher fuhr ich oft eine längere Strecke im Auto, um mich mit meiner Freundin zu treffen, sie wohnte damals 300 km entfernt. Beim Fahren hatte ich Fantasien, in denen ich den aktiven Part einnahm, anders als in den Einschlafbildern. Ich stellte mir dann zum Beispiel vor, dass eine Frau auf mir sitzt, das musste nicht meine Freundin sein, die ich ganz eng an mich quetsche. Ich fahre dann von unten in sie hinein und sie kommt auf mir zum Orgasmus. Das erregt mich. Angekitzelt wurden diese das Fahren begleitenden Bilder durch die Vorfreude auf die erotische Begegnung. Sicher bin ich dabei auch zum Orgasmus gekommen, das geht beim Autofahren ohne Gefahr – die Konzentration bleibt, es putschte mich sogar hoch, wenn ich müde zu werden drohte.

Vorfreude auf Sex und die Nachbeben strahlen nach außen. Wartete ich in der Anfangszeit, wo wir uns selten sahen, z.B. in einer Location auf meine Freundin, wurde ich oft angelacht und es gab überraschende Flirts mit Fremden, ich glühte und andere reagierten darauf, und das berauschte mich, machte mich glücklich und ich kam aufgeladen bei ihr an, und oft machten wir sofort Sex. Und nach den Treffen, bei denen wir immer viel Sex hatten, ging's mir noch tagelang ähnlich. Das Vorher und Nachher gehört zum orgasmischen Glück dazu.

Wenn man guten Sex hatte oder sich auf den Sex freut, strahlt das durch das Selbst hindurch nach außen und kann andere Menschen berühren. Für mich sind orgasmische Erlebnisse mit anderen intimer und intensiver als mit mir alleine, alleine ist es einfach ein schönes Einschlafritual, unterschiedlich intensiv. Mit Liebes-PartnerInnnen ist es etwas Kommunikatives, etwas, das sich im Austausch verstärkt. Auch wenn es in den Momenten des Kommens ein Vergessen der Situation gibt, steigert das Hin und Her zwischen zweien die Empfindung. Sex mit mehreren habe ich bisher nur selten erlebt, ein paar Mal auf Partys. Bin in solchen Situationen bisher auch noch nicht zum Orgasmus gekommen – aber einmal war ich nahe dran.

Meiner Meinung nach war der Orgasmus immer schon wichtig. Man sprach nur anders darüber. Rückblickend gibt es in allen Kulturen Texte, aus denen sich herauslesen lässt, dass über Sexualität und Orgasmus geschrieben wird.

Ich hoffe auf eine freie Sexualität, die Menschen weder unter Druck setzt noch in bestimmte Rollen zwingt. Menschen mit ausgelebter Sexualität inklusive Orgasmen sind wahrscheinlich friedlicher und glücklicher.

Ich bin überzeugt, dass auch Frauen, die in Verhältnissen leben, die wir vielleicht als unfrei ansehen – etwa Frauen, die mit einem Mann verheiratet sind und ein Kopftuch tragen – ein befriedigendes Sexualleben und Orgasmen haben können. Umgekehrt empfände ich es als naiv anzunehmen, dass es keine Kriege mehr geben würde, wenn alle Menschen mehr oder »bessere« Orgasmen hätten. Denn auch die »Bösen« haben Orgasmen. Wobei noch immer laut Studien weit weniger Frauen zu Orgasmen kommen als Männer, und es weiterhin wichtig bleibt, politisch dafür zu kämpfen, dass Frauen ihre Sexualität entdecken und ausleben können mit wem und mit welchem Geschlecht sie möchten, ohne sich damit in Gefahr zu begeben. Doch sich gegen andere Ungerechtigkeiten einzusetzen, die nichts mit Sexualität zu tun haben, ist genauso wichtig.

Antonia (Deutschland)
»Ich stimulierte mich selbst – und dann öffneten sich Räume«

Für mich ist das Wort »Orgasmus« erst einmal nur ein Wort, aber wir verknüpfen es natürlich mit Erinnerungen und Vorstellungen davon, was es ist. Es ist für mich wie eine hohe Priesterkraft, die höchste mögliche geistige Kraft, die wir imstande sind, durch unsere Körper herabzuziehen und durch sie hindurch in die »horizontale« Welt hineinzubringen und wieder auszustrahlen – das ist das, was ich bei einem Orgasmus wahrnehme – egal, ob der mit mir alleine oder mit einem anderen Menschen gemeinsam stattfindet. Die hohen göttlichen, lichtvollen Essenzen und tiefsten göttlichen, finsteren Essenzen verschmelzen beim Orgasmus miteinander. Vergangenheit, Gegenwart und Zukunft verschmelzen miteinander. Meine inneren männlichen Kraftströme und meine inneren weiblichen Heilenergien verschmelzen zu einem ekstatischen Jetzt-Punkt, dem mein Ego-Geist vollständig unterliegt. Der ist dann nicht mehr vorhanden. Orgasmus ist wie ein Wesen, in dem geistige Ströme in unseren physischen Körpern offen und frei fließen, also durch unsere physischen Körper hindurch. Zum Wohle aller. Ich glaube, wir haben uns den Orgasmus in einer dunklen Zeit, in der wir unsere physischen Körper erschaffen haben, kreiert – in den vergangenen zigtausend Jahren, in denen wir das Geistige, die geistige göttliche Kraft, immer mehr verdichten wollten, um es physisch darzustellen, oder anders gesagt, um den Geist zu materialisieren. Dafür haben wir Trennung geschaffen, Polaritäten entwickelt, männlich-weiblich, Vergangenheit-Zukunft, vorher-nachher, hell-dunkel, schön-schlecht. Polaritäten brauchten wir, um uns zu differenzieren und wie wir jetzt sind herauszubilden. Und damit dieses Experiment gelingt, haben wir uns den Orgasmus kreiert, um die geistige Kraft immer wieder herabzuholen in die horizontale, physische Welt Der Orgasmus strahlt einfach durch alles hindurch, heiligt die Orte, an denen er stattfindet, Menschen, die drumherum sind, in der Wohnung, im Haus, die Häuser, Pflanzen, Tiere, die Welt. Wenn es keine Orgasmen gäbe – ich glaube nicht, dass dann die physische Welt existieren könnte. Wir brauchen die Ekstase, wir brauchen dieses Durchströmtsein immer wieder, um leben zu können. Eigentlich lässt sich der Orgasmus verstehen als der erlebbare ekstatische Lebenstanz der gesamten Galaxie. Das ist das, was in uns stattfindet.

Ich war ungefähr zehn Jahre alt, als ich meinen ersten Orgasmus hatte – ich weiß es nicht mehr genau. Ich glaube, das ging mehrere Jahre lang, dass ich meine Yoni und meine sogenannten Geschlechtsteile entdeckte und bemerkte, dass es lustvoll ist, damit herumzuspielen und sie zu berühren, zu stimulieren. Es begann damit, dass ich im dunklen Raum, abends, wenn ich im Bett lag, so etwas wie ein Schwindelgefühl erlebte und das Gefühl hatte, der Raum bewegt sich, schwankt hin und her, ganz langsam. Es öffnet sich ein Raum, in dem etwas Besonderes geschehen kann. Wenn das passiert, dann kann ich mich darauf einlassen; dann kann ich sicher sein, jetzt sind die Voraussetzungen für dieses Erlebnis oder Geschehnis Orgasmus gegeben. Es war ja nicht so, dass ich das dringend erleben wollte. Das hat mich hineingezogen. Nicht irgendwie so: Aha, und jetzt plane ich das und dann mache ich das.

Beim ersten Mal wusste ich es einfach, soweit ich mich erinnern kann. Ich habe nicht drüber nachgedacht. Ich habe gar nicht gedacht. Es geschah mit mir. Und dann musste ich das Wort »Kali« flüstern. Kali, die mächtige indische Göttin der Finsternis und der Vernichtung. Aber sie ist auch eine sehr starke, sehr liebevolle Erdenmutter. Ich wusste nicht, was das ist, Kali, ich kannte das nicht. Ich kannte auch nicht die Bedeutung, ich hatte überhaupt keine Ahnung. Noch nie hatte mir irgendjemand etwas über indische Gottheiten erzählt. Ich weiß nicht, wo das herkam. Das war einfach da. Dann musste ich das flüstern, das Wort. Und dann ging das los, dann habe ich begonnen, mich zu stimulieren. Und dann entfaltete, öffneten sich Räume in mir… Ich habe feine silberne und goldene Lichtfäden – Lichtlinien – mit meinem ganzen Körper wahrgenommen, die auch die Felder um mich herum durchschlängelten. Wie eine Vision. Dabei verspürte ich den Impuls, mich an meinem ganzen Körper zu berühren.

Mein ganzes Leben lang habe ich meinen Körper geliebt und auch, mit meiner Vagina ein wenig zu spielen. »Yoni« ist Sanskrit für Vagina, aber auch für eine größere Fläche – für alle ähnlich gefühlsempfindlichen Stellen wie der Schoß, die Gebärmutter und die Innenseiten der Oberschenkel. Und dann wusste ich in dem Moment, dass es nur diesen einen Raum gibt; es gab kein Schlafzimmer, keine Küche, kein Wohnzimmer, kein Haus, keine Menschen im Haus. Keine Stadt. Es gab nur diesen einen Raum, und um diesen Raum herum das Universum und die Sterne. Und ich wusste, dass meine Sternenschwestern in meiner Heimat genau das Gleiche machen. In ihrem Bett liegen und an ihrer Yoni herumspielen, und diese Fäden surren durch sie hindurch – und das war unsere Verbindung, wie heute ein Mailkontakt. Unser Chat, sozusagen. Es war keine bloße Vision – ich war davon überzeugt, dass es wahrhaftig geschah. Ich konnte die feinen goldenen und silbernen Linien, die wie zarte Fäden meinen ganzen Körper durchzogen und in den Raum wieder hinauszogen, richtig spüren. Und in dem Moment, in dem ich den Orgasmus erlebt habe, geschah etwas sehr Mystisches. Dieses Wesen, aus dem die Lichtfäden kamen, explodierte in mir, und gleichzeitig wurden all die Schwestern, die mitgemacht hatten, hineingesogen. Mein Inneres teilte sich dem Universum mit, Schwestern aus unserem gemeinsamen Ursprung kamen in mich hinein. Jeder Mann hat feminine und maskuline Anteile, jede Frau hat feminine und maskuline Anteile. Es geht nicht um das Geschlecht, aber in diesem Moment habe ich offensichtlich mit den femininen Teilen kommuniziert. So habe ich es wahrgenommen. Es waren alles Mädchen in meinem Alter, mit denen ich mich verbunden empfand. In dem Moment hatte ich das Gefühl, es kann nur geschehen, indem man mit keinem einzigen Wort davon spricht, niemals. Es fiel mir nicht schwer, dieses Geheimnis zu hüten, weil ich es vergessen hatte. Ich habe mich erst mit 40 an dieser Kindheitserlebnis erinnert.

Meine Orgasmen waren immer stark, immer. Manchmal war die Energie verteilter – dann ist es eher so ein kugelförmig sich ausdehnendes, einhüllendes, liebliches, liebevolles und ernährendes Wesen. Und ein anderes Mal wieder total auf einen Punkt fokussiert, wirklich wie ein Blitzschlag. Eher wie eine Lanze. Aber niemals hätte ich sagen können: Das war jetzt der stärkste. Sie sind immer stärker geworden, je älter ich wurde, etwas in mir hat sich mehr und mehr geöffnet. Ich habe keine Fantasien, wenn ich mir einen Orgasmus mache. Ich hab mich immer gefragt, wieso. Ich bin da nur mit mir. Nur ich und ich. Vielleicht ich und das Universum. Ja, ich kann diese Vision auch rekonstruieren. Und diese Empfindung. Die Erinnerung daran – zack, dann ist sie da. Das ist keine Fantasie, sondern im Grunde Wirklichkeit.

Ich glaube, unser Leben wird sich so verändern, dass unsere Körper durchgeistigter werden. Dies wird auch im Alltag präsent sein, sodass die Lebensenergie, die uns durchfließt, mehr und mehr einem Orgasmus ähneln wird, aber ohne dass er uns so durchschüttelt und mit einem ekstatischen Gefühl der Liebe durchströmt, wie wir es jetzt erleben. Dass er mehr zum Alltag wird, unser gesamtes Leben in dieser kostbaren Ekstase durchdringt – im Sinne einer überströmenden, überfließenden, überschäumenden Glückseligkeit, einer Verschmelzung aller miteinander. Das heißt nicht, dass wir keinen Sex mehr haben und da nicht auch besondere Dinge erleben, uns heilen oder Babies machen – sondern das heißt, dass wir den Sex und den Orgasmus mehr in den Alltag transportieren, in unser tägliches Wahrnehmen, Empfinden und Sein.

Natty (Deutschland) »Ich hatte immer Orgasmen, so lange ich zurückdenken kann«

Für mich ist Orgasmus das ultimative Vergnügen und das Zusammenschmelzen – oder In-Verbindung-Kommen – mit dem Ursprung allen Seins.

Es fällt mir sehr schwer, mich an meinen ersten Orgasmus zu erinnern, weil ich damals wirklich sehr, sehr klein war. Ich kann mich daran erinnern, dass ich sexuell mit mir gespielt habe, als ich drei oder vier war. Aber ich kann nicht mehr sagen, wann ich tatsächlich den ersten Orgasmus erlebte. Ich hatte immer Orgasmen, solange ich zurückdenken kann. Deshalb gibt es keinen bestimmten Moment, wo ich entdeckte, was geschah. Ich weiß wirklich nicht, wann ich zum ersten Mal erkannte: »Hallo, das war ein Orgasmus!« Ich erinnere mich nur daran, dass ich echt gern Fahrrad fuhr, als ich vier oder fünf war, und ich ritt gern auf Pferden, weil sich das gut anfühlte. Das war ganz bestimmt mit Sexualität und Orgasmus verbunden. Aber ich habe keine bewusste Erinnerung daran. Ohne ein Wort dafür zu kennen, war es immer ein Teil von mir.

Ich kann mich nicht an meinen stärksten Orgasmus oder einen meiner stärksten Orgasmen erinnern. Ich denke, das hat damit zu tun, wie du es dir selbst beibringst. Ich übte viel, um zu lernen, wie ich bessere Orgasmen bekommen kann. Als Mädchen lernte ich ganz schnell, dass du stärkere Orgasmen hast, wenn du die Muskeln anspannst, die du zum Pinkeln brauchst. Und wenn du in einer besonderen Weise atmest, also schneller oder langsamer, lässt sich der Energiefluss verändern, der mit Orgasmus in Zusammenhang steht.

Vielleicht, weil ich immer mit meinen Orgasmen verbunden war, kann ich so oft und so viele Orgasmen haben, wie ich möchte, und beinahe so starke, wie ich möchte. Es ist eine beständige Arbeit herauszufinden, wie du deine Körpergefühle maximieren kannst. Deshalb wachsen meine Orgasmen immer noch in ihrer Stärke. Ich denke, je weiter du dich von der Gedankenwelt im Kopf entfernst, desto stärker sind deine Orgasmen. In Hinsicht auf Sexualität ist es so: Wenn du nicht in Gedanken bist, dann bist du mehr im Körper. Ich gehe nicht nur in meinen Körper, sondern auch in einen Raum, der sich ganz ähnlich anfühlt, als wenn du zu tanzen beginnst und zu denken aufhörst. Oder wie wenn du Musik machst oder einfach an Orte gehst, die dich mit etwas verbinden, das größer als du selbst ist. Dieser Raum ist überall zugänglich. Er ist in dir und um dich herum. Du bist der Raum und der Raum ist Du.

Ich hatte einmal Sex mit Tommy und einem anderen Mädchen, und wir alle hatten Orgasmen zur selben Zeit. Wenn du tatsächlich zur selben Zeit und im selben Raum kommst, nimmst du mehr auf von der frei werdenden Energie. Es wird zu einer anderen Energie. Aber es muss nicht unbedingt ein stärkerer Orgasmus sein, als wenn du nur mit dir allein bist. Es ist eben nur anders.

Meistens habe ich keinerlei Fantasien, wenn ich mir einen Orgasmus mache. Je mehr ich den Verstand ausschalte, desto mehr Freude habe ich an meiner Sexualität. Wenn ich nur den Augenblick fühle, mich fallen lasse und völlig die Kontrolle über die Situation verliere, indem ich keine Fantasien habe oder versuche, dass irgendetwas geschieht – dann habe ich normalerweise die stärksten Orgasmen. Ich denke, Orgasmen zu bekommen hat ganz viel mit Loslassen und dem Verlieren der Kontrolle zu tun – zumindest für eine Frau. Ich weiß nicht, wie das für einen Mann ist. Ich denke, mir hilft es, meine Fantasien loszulassen und einfach für alles offen zu sein.

Ich hoffe, die Zukunft des Orgasmus wird sein, dass jeder viel mehr Orgasmen hat, denn wenn die Menschen sexuell befriedigter sind, müssen sie ihre Umwelt nicht derart zerstören; sie müssen weniger Kleidung und Kosmetika kaufen und brauchen sich selbst nicht ins Glück einzukaufen. Es ist auch sehr gesund.

Je früher den Menschen beigebracht wird, was ein Orgasmus ist und wie sie sexuell zufrieden mit sich und anderen Menschen leben können, desto gesünder wird unsere Gesellschaft sein und desto weniger Kriege wird es geben. Ich denke, die meisten Kriege werden aus sexueller Frustration geführt, wegen Eifersucht oder Dingen, die mit Fantasien oder körperlichen Begierden zu tun haben, die nicht erfüllt werden können. Deshalb hoffe ich für die Zukunft, dass kleinen Kindern gelehrt wird, wie sie es genießen können, wenn sie sich selbst berühren, anstatt es zu verbergen. Nehmt das Tabu vom Sex und verwandelt es in etwas Schönes! Ihr seht so viel Dreck, wenn ihr die Nachrichten schaut. Es geht um Krieg und Terrorismus, um Leute, die irgendwo Atombomben lagern und einander bedrohen, um Märkte, die zusammenbrechen und die Zerstörung unseres Planeten.

Niemals gibt es solche Nachrichten: »Heute hatte jemand seinen ersten Orgasmus und so viel Freude dabei. Heute lehren wir euch, wie ihr ein gutes Sexleben führen könnt. Masturbieren ist gesund!« Warum wird das vor uns verborgen, während so viele negative Dinge so gegenwärtig sind? Ich hoffe, dass sich das ändert und die Menschen stärker mit ihren eigenen Orgasmen und ihrer eigenen Sexualität verbunden sein werden.

Ich denke, das wird von uns ferngehalten, um uns zu manipulieren und die Menschen unter Kontrolle, in Angst, zu halten. Das ist es, was auch das Christentum getan hat – zumindest in diesem Teil der Welt. Noch vor fünfzig Jahren, vielleicht auch hundert, wurde Menschen erzählt, dass sie erblinden, wenn sie masturbieren, oder dass sie zur Hölle fahren, wenn sie die Frau eines anderen begehren. Je angstbesetzter und unbefriedigter die Leute sind, desto leichter ist es, ihnen zu sagen, was sie zu tun und zu denken haben, wie sie sich verhalten müssen und dass sie Schuld und Scham zu fühlen haben. Und so stehen sie unter Kontrolle und tun, was man ihnen verlangt: Sie kaufen alle möglichen Produkte, für die nackte Mädchen werbend herumtanzen, weil sie so weit weg davon sind, solche Erfahrungen selbst zu haben. Wir können uns unserer Erfahrungen sicher sein, weil wir daran denken, wenn wir Orgasmen haben.

Ich habe einmal einen schönen Satz gelesen: Hoffnung ist nicht, wenn du etwas tust, weil du weißt, dass du erfolgreich sein wirst, sondern wenn du es auf jeden Fall tust, weil du weißt, dass es richtig ist.

Marit (Norwegen)
»Bei starken Orgasmen schreie ich sehr laut!«

Orgasmus ist für mich eine Art von Auflösung. Spannungen lösen sich dabei auf, alle Probleme und jedweder Kummer werden unwichtig. Diese Auflösung hat auch religiöse Züge, da man nicht mehr man selbst ist, sondern Teil des großen Ganzen wird.

Als ich ganz klein war, also etwa sechs Jahre alt, spielte ich mit anderen Kindern. Diese Spiele waren schon sehr sexueller Natur, aber ich hatte dabei keinen Orgasmus. Als ich etwa zwischen zwölf und vierzehn Jahre alt war, experimentierte ich das erste Mal mit meinem eigenen Körper und erlebte dabei einen Orgasmus. Ich fühlte mich damals ganz allein und wusste, dass ich etwas Verbotenes tue. Auch erspürte ich Scham. Als ich meine Klitoris entdeckte, hatte ich Angst, dass sie verschwindet, wenn ich einen Orgasmus bekomme. Dennoch fühlte es sich gut an und ich wiederholte den Vorgang, wobei ich immer alleine war. Meine Eltern hatten mir nichts über Orgasmen erzählt, dennoch wollte ich einen haben. Dieses Verlangen entstand in mir selbst.

Als ich sechzehn oder siebzehn Jahre alt war, redeten meine Mutter, mein Stiefvater und ich sehr viel über Sex. Ich empfand dies auch als positiv. Mein Stiefvater erzählte mir, dass er in jungen Jahren viel masturbierte, dass jedoch Erwachsene das nicht mehr tun. Ich dachte also, dass ich mit dem Masturbieren aufhören muss. Ich hörte also damit auf, bis ich mit achtzehn umzog und an die Universität ging. Mit meinen Kommilitonen sprach ich über Sex und Masturbation. Ich erzählte ihnen, dass Masturbation nichts für Erwachsene ist, und

sie rieten mir dringend, es wieder zu tun. Daraufhin fing ich wieder damit an.
Bei starken Orgasmen schreie ich sehr laut. Ich fühle mich dann erleichtert und frei von jeder Last. Wenn man mit jemand anderem zusammen ist, öffnet man sich dieser Person und dem starken Orgasmus. Ein starker Orgasmus ist mit Zweisamkeit und Vertrauen verbunden. Sich geliebt fühlen, glücklich und sicher sein, das macht einen starken Orgasmus aus.
Ich habe eigentlich keine sexuellen Fantasien. Ich hatte einmal eine Fantasie, bei der meine Partnerin nachts im Wald war. Sie tanzte und verhielt sich ganz wild. Sie trug ein rotes Kleid und sah aus wie ein Urmensch. Dieses Ursprüngliche, Wesentliche erregte mich. Es war auch eine Erleichterung.
Für mich selbst wird der Orgasmus in Zukunft noch größer und weltumfassender. Die Welt braucht mehr Orgasmen. Ich hoffe, dass die Welt orgasmusfreundlicher wird. Frauen wird oft beigebracht, dass sie nicht sexuell sind. Doch denke ich, dass Frauen sehr sexuell sind. Sicher spielt Angst dabei eine Rolle. Wenn die Frauen mehr über ihre Sexualität oder den Orgasmus wüssten, würde sich alles ändern. Die Menschen wären viel emotionaler, wilder und nicht so kontrolliert. Das ist für mich die politische Ebene: Sexualität ist ein Mittel, um Menschen zu kontrollieren. Orgasmus bedeutet Freiheit, was manchen ein Dorn im Auge ist.

Clara (Deutschland) »Wir flogen zusammen, als wären wir ein Körper«

Für mich ist Orgasmus der Höhepunkt eines schönen Gefühls, das ich in verschiedenen Situationen mit meinem Körper spüren kann. Es ist eine Art von Ekstase – zumeist in sexuellen oder erotischen Situationen, aber auch in anderen. Zum Beispiel hatte ich Orgasmen beim Tanzen. Meistens beim Tanzen oder in der Sauna oder wenn ich Sport treibe – ich kann mir gut vorstellen, dass ich während eines Bungeesprungs dazu komme. Es passiert, wann immer sich in meinem Körper etwas löst, das nicht in meinem Kopf lokalisiert werden kann. Es überwältigt sozusagen meinen Kopf. Wenn ich Glück habe, gibt es manchmal einen Punkt, an dem dieses Wohlgefühl sich im ganzen Körper ausbreitet und es meinem Verstand zurücksendet. Ich denke, da gibt es viele Stufen oder Phasen, in denen dies geschehen kann.Es kann sich so anfühlen, als wäre jede Zelle Deines Körpers absolut glücklich.

Ich glaube, ich kann mich an meinen ersten Orgasmus erinnern. Ich habe so eine vage Vorstellung davon, dass mich einmal, als ich als kleines Mädchen auf meinem Pferd durch die Landschaft ritt, ein umfassendes Glücksgefühl durchströmte. Naja, nicht nur einmal – es passierte immer mal wieder, auch später ab und zu – aber ich kann mich an dieses erste Mal erinnern. Das Pferd rannte so schnell es konnte, und es war sehr glücklich, dass es mit mir durch die Wiesen reiten konnte. Und ich war auch glücklich, weil ich die Verbindung mit Erde, Zeit und Raum verlor. Und wir flogen zusammen, als wären wir eins. Wie ein einziger Körper. Es war, als würde eine Welle meinen Verstand hinwegtragen. Und ja, dies war das größte Glücksgefühl, das ich bis dahin je gespürt hatte. Es durchströmte meinen Körper und erreichte den Kopf. Und es war, als würde ich wiedergeboren, als hätte es eine große Veränderung gegeben, als wären Zeit und Raum stehen geblieben. Und es gab nur Glück, absolutes Glück – und das überraschte mich natürlich. Denn solche Situationen gibt es nicht so oft. Als Kind musste ich zur Schule gehen und verschiedene Dinge erledigen. Vielleicht spürte ich damals zum ersten Mal völlige Freiheit – auch auf eine spirituelle Weise. Danach war tatsächlich alles anders, weil es sich so anfühlte, als hätte mein Kopf, mein Verstand eine neue Dimension erreicht, als wäre da etwas gewachsen und hätte sich ausgedehnt. Und danach nahm ich alles ganz anders wahr, weil mein Bewusstsein sich erweitert hatte. Dieses Gefühl dauerte vielleicht zehn Sekunden. Aber wie gesagt, die Zeit hielt an, deswegen weiß ich nicht, wie lang es war. Es scheint mir, als wären mein Geist oder mein Gehirn hinterher tatsächlich gewachsen, denn sie stiegen auf eine andere Ebene: Ich glaube, ich hatte danach eine höhere Stufe von Bewusstheit erlangt. Es war, als wäre etwas geschehen, das meinem ganzen Leben eine neue Dimension gegeben hat.

Ich kann mich nicht genau an meinen stärksten Orgasmus erinnern. Aber ich erinnere mich, mit wem ich zusammen war. Es war vor einigen Jahren mit meinem Freund. Er war sehr leidenschaftlich in Bezug auf Sex und wir hatten viel Sex und nach vielleicht 20, 30, 40 Mal innerhalb einiger Wochen oder Monate waren wir beide sehr gut darin. Wir waren ein gutes Team. Eines Tages schwitzten wir so sehr, dass wir fast ineinander flossen. Und er tat alles, um mich das fühlen zu lassen. Es war immer sein sehnlichster Wunsch, mich zum Orgasmus zu bringen und das war dann gleichzeitig sein Höhepunkt. Er tat das also auch für sich selbst und er war sehr kreativ und vor allem voller Variationen, sodass er mich immer wieder überraschte. Auf diese Weise brachte er mich an einen Punkt, wo es sich anfühlte, als ob mein Körper explodieren würde. Innerhalb weniger Sekunden strömte Elektrizität durch meinen Körper, ausgehend von meinem Sexual-Chakra brachte sie das Blut in meinem Kopf auch zu einer Explosion. Das ist wie ein High-Gefühl auf Drogen, wenn die Ekstase über dich kommt, wenn dein Kopf, zumindest deine rationalen Gedanken, tatsächlich abgeschaltet werden. Auch für ihn gab es da kein Halten mehr. Er war derjenige, der mich dahin bringen wollte und ich ging sehr gut damit um.

Wenn ich versuche, das in Worte zu fassen, dann ist es dieses Gefühl, dass mein Sexual-Chakra im Unterbauch Impulse durch meinen ganzen Körper jagt, über den Blutkreislauf Energie in jede Vene in jeden einzelnen Teil meines Körpers sendet, einige Sekunden lang. Es ist wie ein Aufleuchten und alles explodiert in diesem Moment. Explosion! Es ist Explosion! Er brachte mich dahin, indem er es mir hart und lang und anders und überraschend machte. Das ist auch wichtig – dass Dinge passieren, die du einfach nicht erwartest. Ich glaube, das ist generell ein bedeutender Faktor. Er spielte herum und probierte verschiedene Positionen aus und alles Mögliche, dabei hatte er nur ein einziges Ziel. Und ich konnte es akzeptieren, denn ich wusste beziehungsweise fühlte, dass ich wusste, dass es sein Anliegen und Begehren war, mich an diesen Punkt zu bringen. Es war für ihn, er tat es für sich selbst. Und ich konnte es akzeptieren, weil er sehr zärtlich war und sehr lieb; es war immer ganz wunderbar.

Das Sexual-Chakra ist der Punkt in der Vagina – nun, das ist schwer zu beschreiben. Der stärkste Orgasmus, den ich je hatte, war ein vaginaler Orgasmus. Ich denke, das lässt sich differenzieren: zum einen ist da die Klitoris, zum anderen der G-Spot. Ich bin eine der glücklichen Frauen, die wissen, wo ihre G-Fläche ist. Viele Jahre lang war dies die einzige Stelle, wo ich zum Orgasmus kam. Den klitoralen Orgasmus kenne ich noch nicht so lange. Also damals war es ein G-Punkt-Orgasmus. Das ist also sehr tief in der Vagina, unterhalb des Gebärmutterhalses, in dieser Region hier (streicht über ihren Unterbauch). Aber das ist es doch gar nicht. Ist das nicht das Wurzel-Chakra? Das Sexual-Chakra ist doch eigentlich der Nabel, nicht wahr? Also, das, was ich wirklich meinte, ist das Wurzel-Chakra. Es war sehr tief innen drin, also war es der G-Punkt. Ich denke, das Wurzel-Chakra und der G-Punkt sind ein und dasselbe. Ich kann also Orgasmen haben an der Klitoris oder diesem G-Punkt. Ich denke, es gibt zwei Stellen - oder besser gesagt, ich weiß, es sind zwei. Und mein stärkster Orgasmus geschah durch Stimulation des G-Punktes. Mir war klar, dass es der G-Punkt war, weil ich das vorher schon gefühlt hatte. Aber Ihr wisst ja, der stärkste Orgasmus braucht viel Zeit zur Vorbereitung (lacht). Ich hatte es also schon erkannt und auch mit meinem Partner darüber geredet. Aber ich war nicht in der Lage, mir vorzustellen, wie es ist, bevor ich zum ersten Mal fühlte, dass da dieser Punkt ist, an dem ich direkt den stärksten Orgasmus haben kann. Ich denke, es ist ein Prozess, im Verlaufe dessen Du erfährst, dass sich dort dieser Punkt befindet. Es ist absolut faszinierend. Und zum anderen musst Du auch erforschen, wie Du behandelt werden möchtest an diesem Punkt. Und schließlich können wir nach ein wenig Üben versuchen, da hin zu kommen.

Ich habe viele verschiedene Fantasien, wenn ich mir meinen eigenen Orgasmus schaffe. Viele Wünsche und Fantasien – Ich wünsche, dass ich mir dieses Gefühl selbst häufiger kreieren möchte als jetzt. Viele Jahre lang konnte ich keine sexuellen Dinge an mir selbst ausprobieren. Aber allmählich werde ich erfolgreich dabei. Und ich wünsche mir, dass ich das öfter tun kann, weil es mich von Männern unabhängig macht (lacht). Denn ich möchte nicht auf die Schnelle in irgend etwas mit Männern hineingeraten, weil ich Sex brauche. Es ist natürlich auch so, dass ich Sex wirklich mag, und ich denke, ich brauche Sex auch.

Mein Verlangen ist sehr stark und es ist nun mal da. Und ich würde einfach gern unabhängiger sein, indem ich in der Lage bin, mir selbst Lust zu bereiten. Und das ist der Grund, warum ich mich mehr mit mir selbst beschäftigen will. Und ich habe viele Fantasien. Zum Beispiel: vielleicht hat jede Frau die Fantasie, Sex mit zwei Männern zu haben, genauso wie Männer die Fantasie haben, Sex mit zwei Frauen zu erleben. Aber es gibt auch drei konkrete Fantasien, an die ich jetzt denke. Die erste ist die wildeste: Ich hätte gern eine Arrangement mit einem Mann, in welchem wir uns fühlen, als wären wir Tiere. Nicht bloß irgendwelche Tiere, sondern sehr spezielle. Ich denke da an Wildkatzen – große Raubkatzen, so wie Tiger oder Löwen oder Jaguare. Und sich so zu benehmen, bedeutet, sich auf eine sehr klare, sehr simple aber gleichzeitig sehr gefährliche Weise zu zeigen. Denn Du nimmst Dir, was Du willst. Ich denke an das Spiel großer Katzen, die sich gegenseitig in den Nacken beißen und miteinander ringen – so was in der Art. Und das müsste ein Kampf sein auf gleichem Level – also nicht, dass eine Person die große Katze ist und die andere eine kleine Maus oder so. Es geht darum, sich so zu fühlen wie diese Tiere und Auge in Auge zu kämpfen. Ich finde dieses Gefühl, eine Wildkatze zu sein, sehr erotisch – und wenn ich mir vorstelle, dass jemand da ist, der das auch mag, und dass wir auf Augenhöhe miteinander spielen können, finde ich das sehr erregend.

Und dann habe ich noch eine Fantasie mit zwei Bildern: einen Orgasmus entweder auf einer Plattform im Ozean oder auf einem hohen Berg zusammen mit einem Mann zu bekommen. Wir bringen einander zum Höhepunkt, ohne dass uns jemand sehen oder hören kann. Wir sind allein auf dem Ozean. Niemand außer den Tieren ist da. Wir können tun, was immer wir mögen. Nicht so wie in einem Haus, wo es Wände gibt. Keiner kann uns sehen, aber wir sind direkt im Freien. Und die andere Fantasie ist die gleiche Situation auf der Spitze eines Berges.

Auch hier kann uns keiner sehen und keiner kann uns hören. Wir sind ganz allein auf der Welt.

Von meinem Standpunkt als Frau aus betrachtet hoffe ich, dass mehr Frauen beginnen werden, ihre Orgasmen zu erforschen. Ich denke, es gibt wirklich viele Frauen, die gar nicht zum Orgasmus kommen. Und es gibt Frauen, die haben einen, aber wissen es nicht, weil sie nur etwas über Explosionen und etwas in dieser Art gehört haben. Sie wissen einfach nicht, dass es verschiedene Stufen zum Orgasmus gibt. Es gibt verschiedene Stufen, und du fängst immer ganz unten an. Und wenn du die erste Sprosse nicht siehst, wie kannst du dann bis an die Spitze gelangen? Deshalb haben viele Frauen keinen Spaß am Sex. Sie machen es einfach, weil sie ihre Partner lieben und ihre Partner Sex lieben. Ich bin nicht so, denn ich habe Sex immer geliebt.

Deshalb hoffe ich, dass in Zukunft viele Frauen das fühlen werden, was ich fühle und sich an sich selbst erfreuen. Und dann werden es Männer vielleicht nicht mehr so schwer haben, sie zu befriedigen. Denn ich kenne viele Männer, die sexuell animiert werden dadurch, dass sie Frauen einen Orgasmus geben. Aber oft sind sie nicht erfolgreich, weil die Frauen sich einfach nicht entspannen können, sich nicht fallen lassen können, das Innere ihrer Körper nicht fühlen können. Sie können sich nicht öffnen, weil sie sagen: »Nein, ich hab das nicht. Und so ist es eben.« Ich hoffe und glaube, dass viele Frauen in der Lage sein werden, ihre Orgasmen zu entdecken und dass viele Frauen das fühlen können, was ich fühle, wenn sie lernen, was sie mögen. Und dass sie anfangen können, diese verschiedenen Stufen wahrzunehmen. Aber ich denke, sie werden das nur können, wenn sie sich ihrer Weiblichkeit, ihrem Frausein bewusst werden. Es ist wichtig, dass du weißt, wer du bist. Und das, so denke ich, wird in Zukunft noch wichtiger sein. Ich denke, mehr Frauen werden an diesen Punkt gelangen. Ich hoffe es. Und ich möchte sie dazu ermutigen. Denn es bringt ganz viel Spaß.

Marcela (Kolumbien) »Ich gab mich in völliger Offenheit hin und empfing meinen stärksten Orgasmus«

Der Orgasmus bietet mir einen Moment, in dem ich mich selbst ausdrücken kann, und auch mein Partner kann sich selbst ausdrücken – und unmittelbar verstehen, vergeben und erkennen wir einander. Dann weiß er, wie er meinen Willen kontrollieren und die Grenzen meiner Freiheit erkennen kann, um mir den absoluten Ausdruck der Glückseligkeit zu gestatten. Mein Mann zeigte mir so viel Liebe und bot mir die Heirat an. Diese uneingeschränkte Liebe, die er mir schenkte, hat mich geleitet. Ich fühlte mich so angenommen und gut behandelt, dass ich mich ihm in völliger Offenheit hingab und so meinen stärksten Orgasmus empfing.
Mit dem Orgasmus kann dein gesamtes Wesen in die Hände eines anderen Menschen gegeben werden. Du behältst nichts für dich. Wenn du dich einer anderen Person in einem Orgasmus zeigst, dann gibst du dich hin, dann drückst du dich aus, dann liebst du dich, und in diesem Moment entsteht Schöpfung. Über die Jahre hinweg war Orgasmus für mich ein Prozess des Lernens wer ich bin und wer ich sein werde.

Katrin (Deutschland)
»Beim Orgasmus fühle ich etwas meine Haut berühren so wie Sonne oder Regen«

Orgasmus ist ein sehr privates und bedeutsames Geschehen. Ich finde wichtig, es frei ausleben zu können. Wenn du diese Freiheit nicht hast, ist da immer das Gefühl, du würdest etwas unterdrücken. Aber wenn du frei bist und dich entspannen kannst, ist es wundervoll. Es fühlt sich an, als ob du wirklich eng mit jemandem verbunden bist. Du vertraust ihm. Du fühlst dich richtig gut und sicher. Das ist ein sehr tiefes Gefühl, das mir wohl tut. Es ist sehr erholsam, über nichts nachdenken zu müssen. Das ist alles. Ich habe meinen Kopf komplett frei. Es fühlt sich fantastisch an, keine Probleme zu haben. An meinen ersten Orgasmus kann ich mich nicht erinnern. Wenn du deinen ersten Freund hast, bist du noch ganz jung, deshalb weißt du nicht genau, was ein Orgasmus ist – was und wie es ist. Aber das finde ich nicht schlimm.

In den letzten Jahren habe ich meine Orgasmen stärker und stärker gefühlt. Es war eine schrittweise Entwicklung dahin, wie es jetzt ist. Und es kommt mir vor wie ein Wunder. Es passierte irgendwann, aber ich kann mich nicht an Details erinnern. Es war ein Wachstumsprozess. Ich denke, es kommt auf die Person an, mit der du zusammen bist. Kannst du dich fallen lassen oder nicht? Ist man vertraut? Ist man zu Hause? Aber in den ersten Jahren, da ist das alles so ein Herantasten. Du sprichst mit niemandem darüber – nicht mit dem Freund und auch mit den Freundinnen nicht. Das ist ja dann eher so ein Geheimnis. Wahrscheinlich habe ich es vergessen, weil ich nicht darüber reden konnte …

Wenn ich allen Stress abwerfe, in meine Wohnung gehe, alles draußen lasse und über nichts mehr nachdenke, kann ich jederzeit einen richtig starken Orgasmus bekommen. Es gibt also keine mehr oder weniger starken und demzufolge keinen stärksten. Dem, den ich habe, kann ich nichts mehr oben drauf setzen. Wenn ich mich mit mir selbst wohlfühle, wenn ich mit mir selbst glücklich bin, dann ist es jedes Mal das gleiche schöne, tiefe Gefühl. Diese mehr oder weniger starken Orgasmen erlebe ich allerdings, wenn ich mit einem Freund zusammen bin. Mit mir allein ist es immer gleich stark. Wenn ich allerdings mit meinen Problemen nach Hause komme, traurig und unglücklich bin, dann gibt es nichts, was mich tröstet. Dann kann ich gar nichts fühlen und es ist schwer, überhaupt loszulassen. Das geht einfach nicht. Ich handele aus meinem Herzen heraus. Und wenn ich sehr traurig oder ärgerlich bin, kann ich einfach nicht in einen anderen Gemütszustand hinüberwechseln

.

Ich bin als Selbständige tätig. Manchmal fürchte ich, mir könnte die Fähigkeit des Loslassens verloren gehen, da ich über so vieles nachzudenken habe. Deshalb möchte ich mich nicht stärker in mein Geschäft einbringen. Ich finde es gut so, wie es jetzt ist. Ich kann immer noch loslassen. Und das möchte ich mir bewahren

Wenn ich einen Orgasmus erlebe, habe ich zum Beispiel die Vorstellung, mir strahlt die Sonne ins Gesicht. Das gibt ein warmes Gefühl, funktioniert nachts allerdings nicht. Oder wenn es draußen nicht so frostig ist, aber immer noch schneit. Dann ist es angenehm, kleine Schneeflocken auf der Haut zu spüren. Es ist zu kalt um rauszugehen. Ich bleibe im Zimmer und stelle mir vor, wie es sich anfühlt, wenn die Kristalle meine Haut berühren. Das stelle ich mir vor, während ich meinen Orgasmus habe und dadurch wird das Ganze schöner. Es ist nicht so was mit den Händen oder im Wasser. Es ist einfach nur der Versuch, das Gefühl herbeizuzaubern, dass mich etwas berührt, was sich nach Sonne oder Regen anfühlt. Diese Bilder kommen unbewusst, oder sie kommen eben nicht.

Die Bedeutung des Orgasmus ist ein Geheimnis für jede einzelne Person … Viele Frauen meinen, es ist etwas, das nur sie angeht, ihre Zusammengehörigkeit und Nähe zu ihrem Partner oder ihrer Partnerin zeigt; etwas, das natürlich niemand anderes kennen darf. Aber Orgasmen gibt es nicht nur innerhalb der Partnerschaft. Ich finde, es muss auch nicht alles erklärt werden. Wir können jedoch versuchen, das Geheimnis ein wenig zu lüften Nur ein bisschen, denn es ist eine sehr persönliche intime Angelegenheit.. Vielleicht können wir uns selbst ein wenig besser ausdrücken und nicht mehr denken, darüber sollte ich nicht sprechen, darüber darf ich nicht sprechen

Wenn eine Frau unglücklich ist, dann vielleicht deshalb, weil sie sich selbst im Weg steht und nicht weiß, wie sie sich fallen lassen kann. Vielleicht hat sie überhaupt keine Vorstellung davon, wie sie dahin kommt, um dieses Gefühl erleben zu können. Es ist richtig, dafür zu sorgen, dass es eine größere Offenheit bei gleichzeitigem Schutz für Frauen gibt. So können sie sich austauschen und bekommen ihre Fragen beantwortet: Was ist ein Orgasmus? War das ein Orgasmus? Wie komme ich zum Orgasmus? Unsere Generation ist offener als die vor uns. Aber auch jetzt kannst du nichts darüber lesen, außer in einigen Frauenzeitschriften. Ich denke, in Zukunft wäre es gut für Mädchen, darüber informiert zu werden: Orgasmus passiert nicht immer mit dem Partner. Das Gefühl hat vielmehr mit dir selbst zu tun. Du musst dich selbst kennenlernen. Ich denke, das ist das Wichtigste.

Annie Sprinkle 5.98

Solveig

Maayan

Marion

Sadie Lune

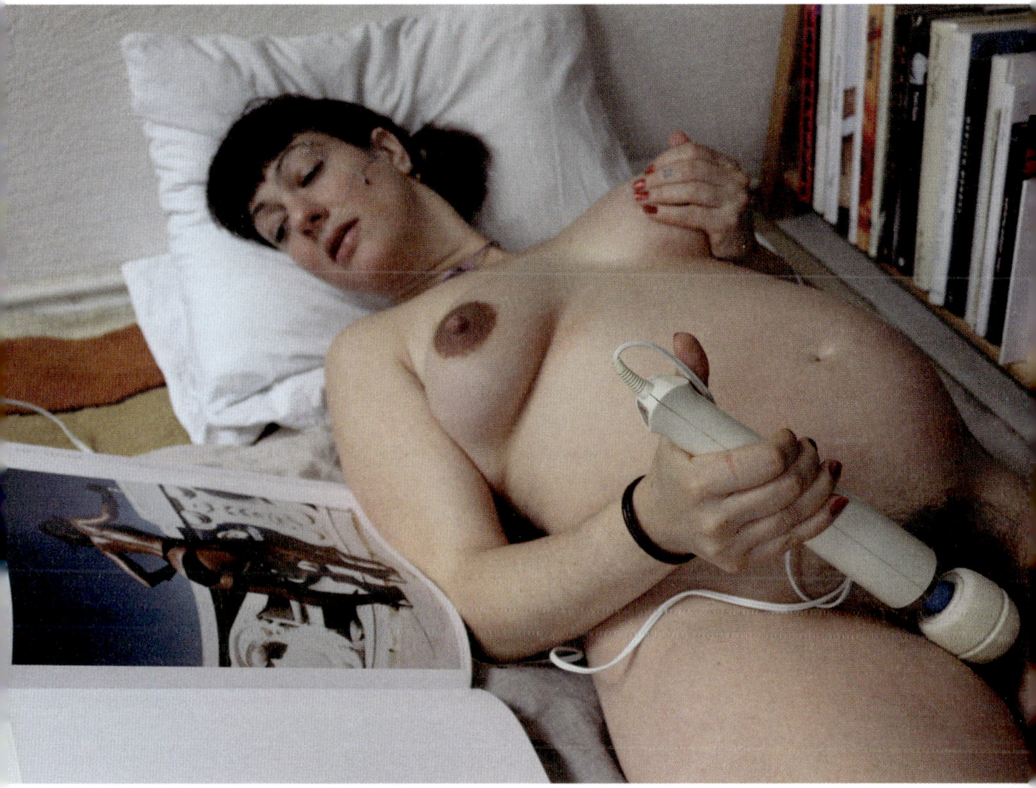

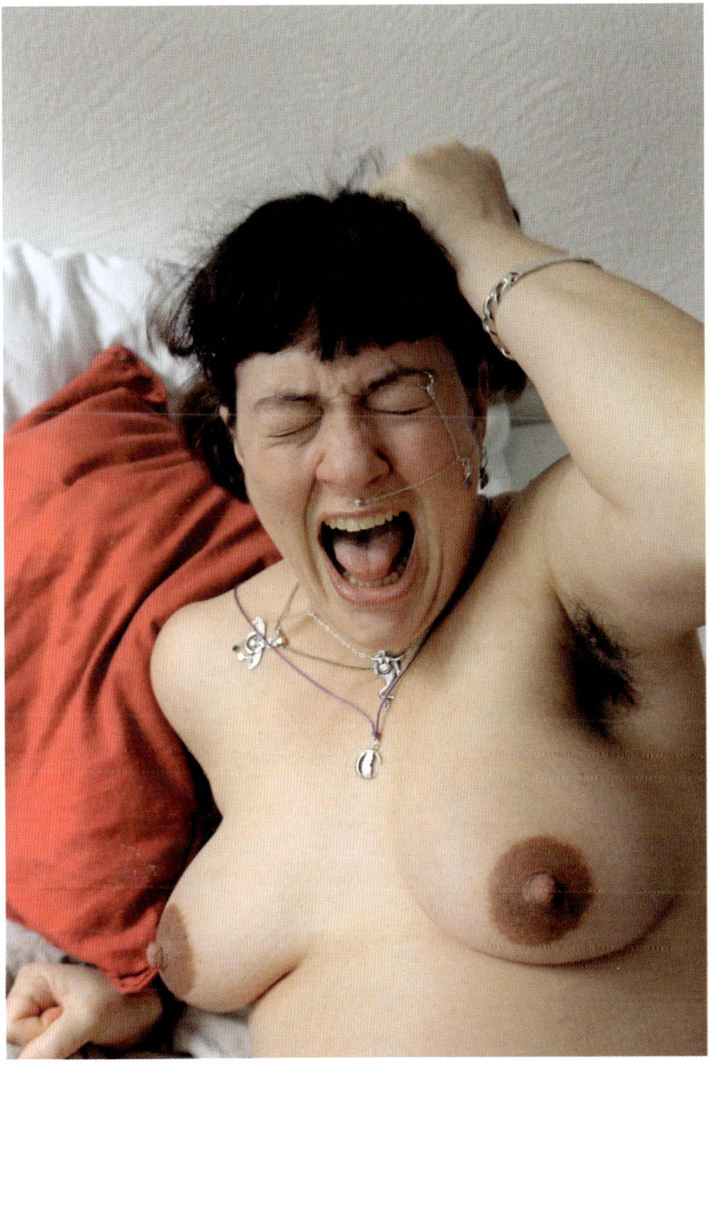

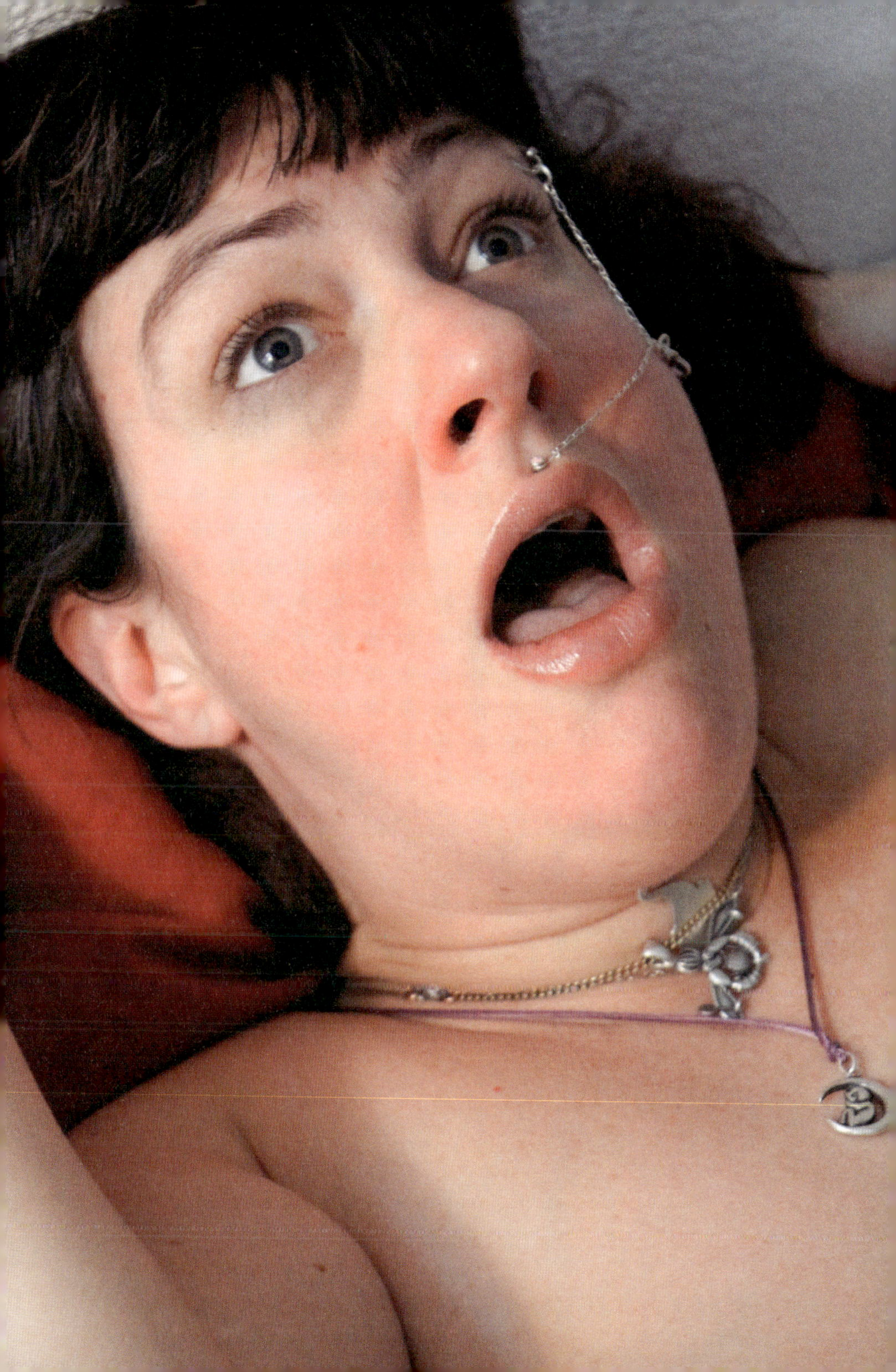

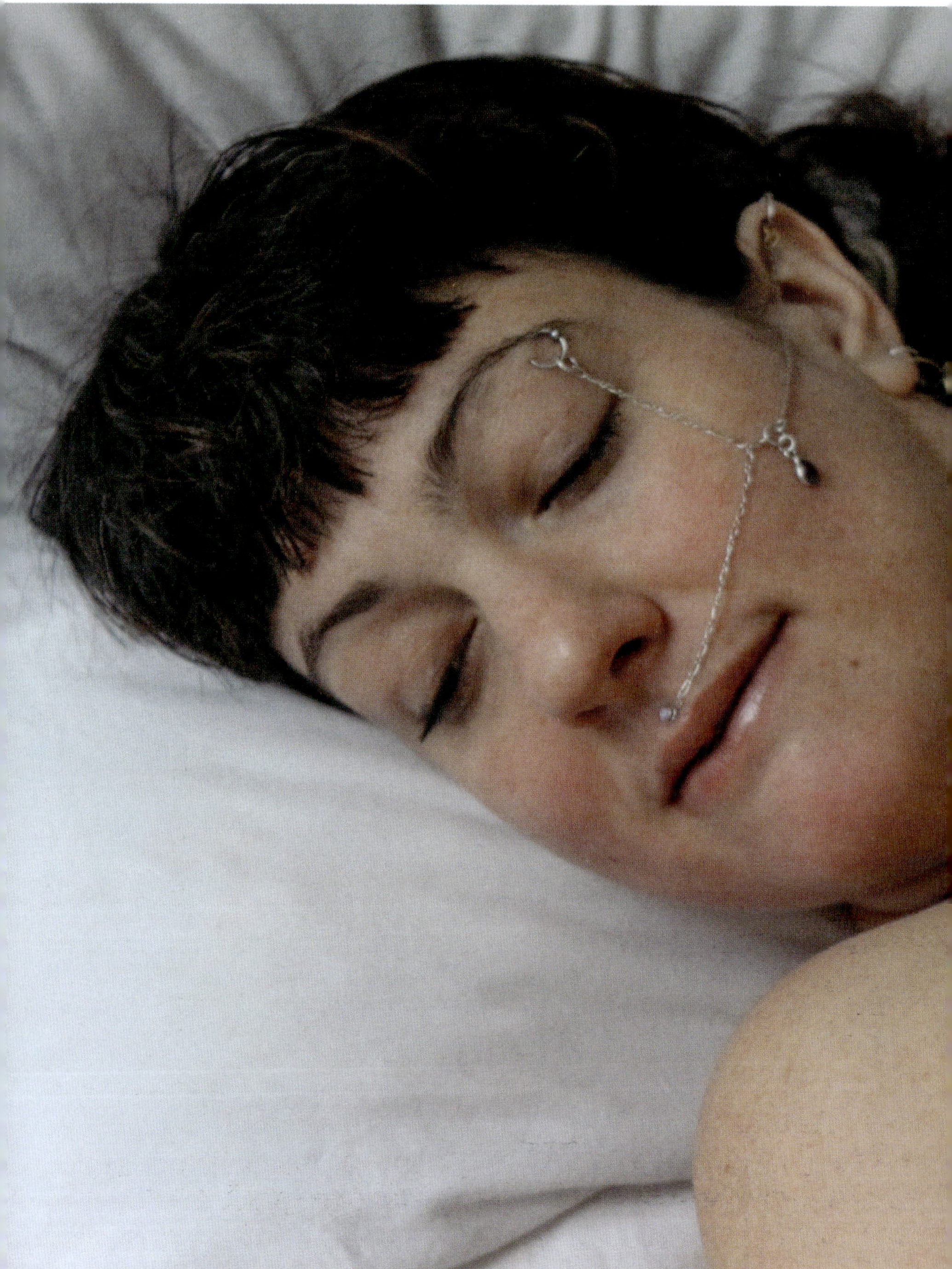

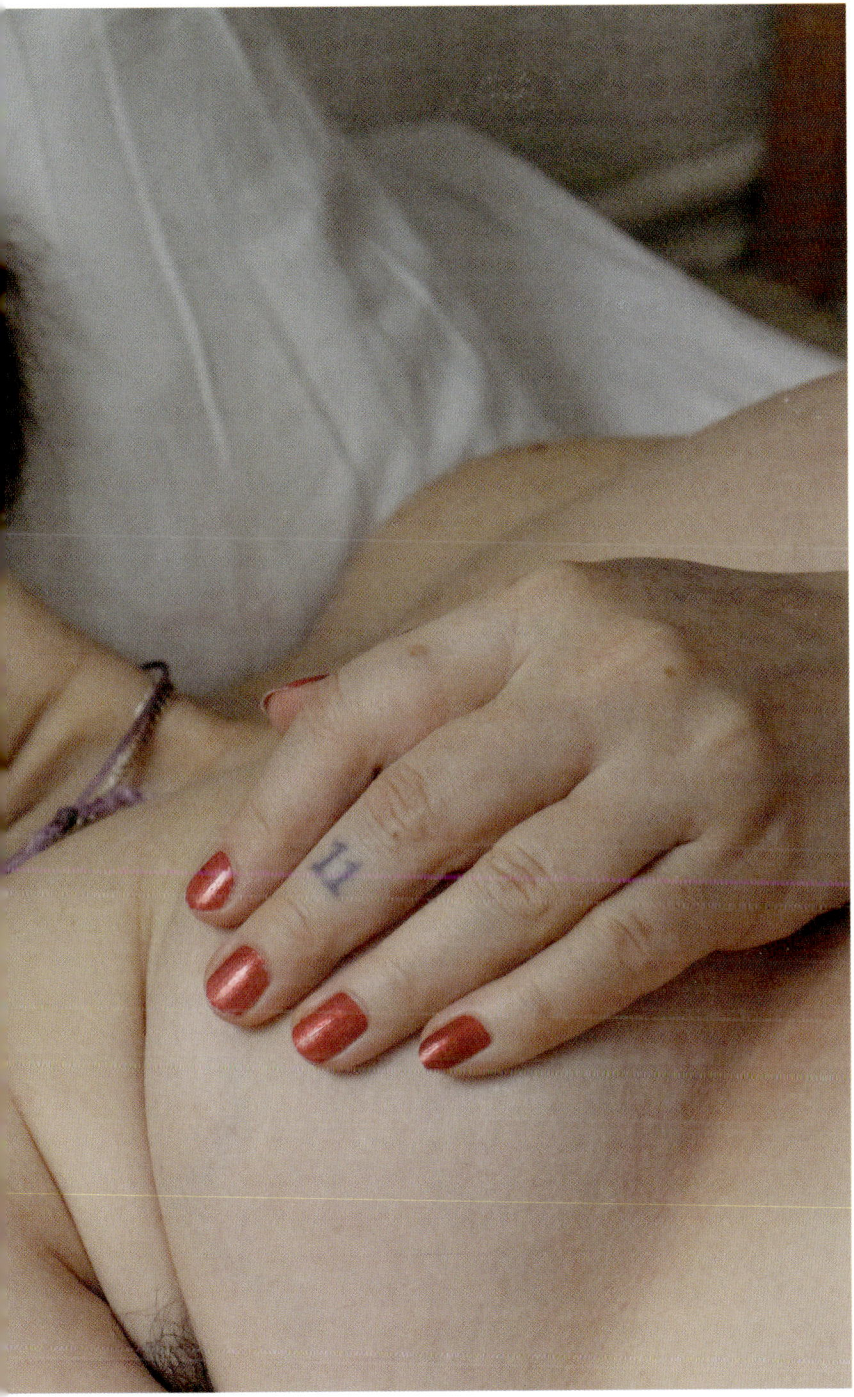

Amelia

Antonia

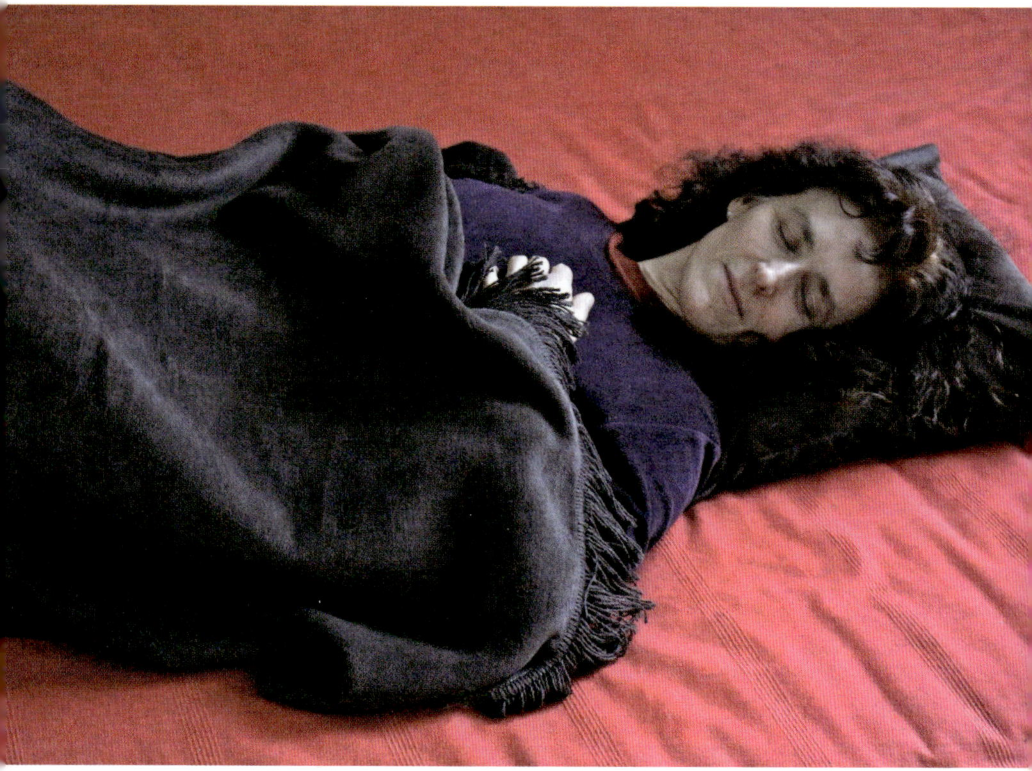

Natty

FREE
BODY
FREE
MIND
SEXISTISCH
KACKSCHEISS
ecosexual
ME

Clara

Marcella

Marianne

Katrin

Sabine

Elfriede

Dany

Valentina

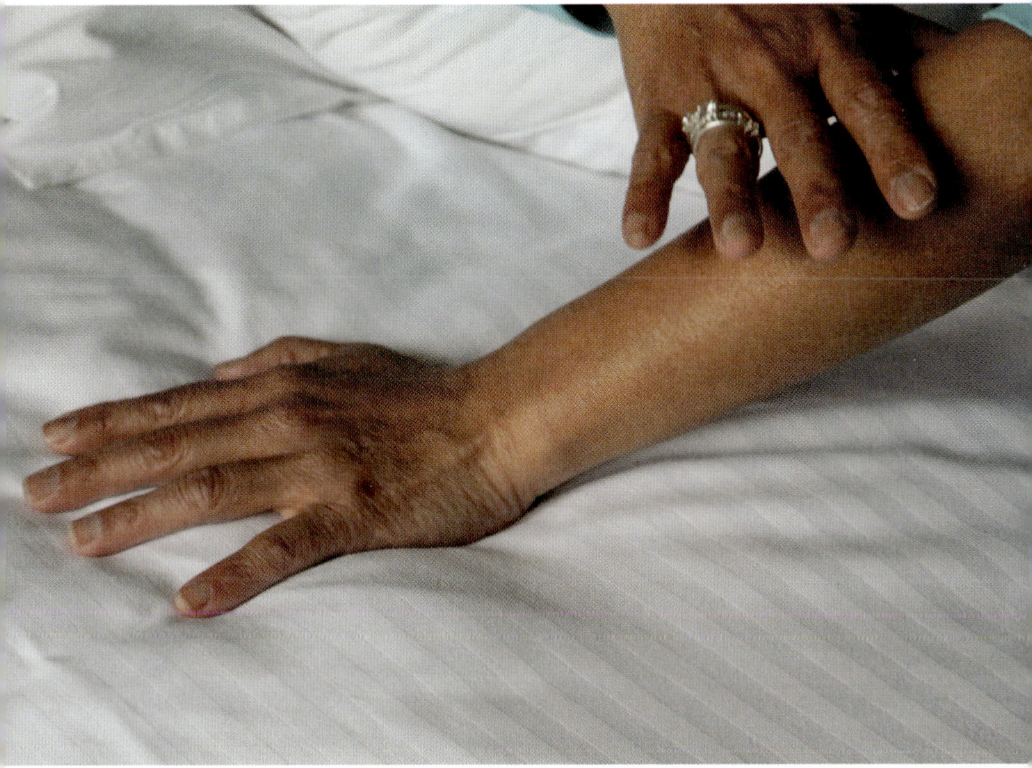

OF ARTIST
OF ARTIST
ARTIST
OF ARTIST
ARTIST

Keren

Sabine (Vereinigte Staaten) »Meine Fantasien sind eine Art Kurzfilm«

Ich habe eine Vielzahl von starken, intensiven Orgasmen gehabt und der letzte scheint immer der stärkste zu sein. Ich hatte nie die Absicht, auf sie zurückzublicken und sie zu zählen. Ich könnte mir kein Leben ohne Sex vorstellen. Ich habe einige grundlegende Entscheidungen in meinem Leben getroffen, um sicherzugehen, dass ich immer Sex haben kann.

Natürlich habe ich Fantasien, und ich benutze sie ab und an, während ich Sex habe. Meine Fantasien sind eine Art Kurzfilm. Und alle enthalten sie Elemente einer gefahrvollen Situation. Sie helfen mir, meine Erregung zu stimulieren, aber ich brauche sie nicht, um schließlich zum Orgasmus zu gelangen. Wenn ein Orgasmus kommt, lasse ich mich einfach darauf ein.

Der Orgasmus von Frauen ist politisch determiniert. Aber Frauen sollten selbstbestimmt sein, und zwar auf allen Gebieten des sozialen, politischen und privaten Lebens. Das schließt die Sexualität ein. Heteronomie, die Abhängigkeit vom Willen anderer, also Fremdbestimmtheit, sollte keinesfalls akzeptiert werden. Unter keinen Umständen. Ohne Ausnahme.

Marianne (Niederlande) »Mein Vater machte etwas …«

Da sind zwei Seiten hinsichtlich meiner Gefühle zum Orgasmus. Die erste Seite war Angst. Und Wut. Weil jemand mir wehtat. Deshalb wollte ich es nicht fühlen. Weil es am Ende oder am Anfang immer den Schmerz gab. Aber später fand ich eine andere Seite, die Seite, bei der du entscheidest, einen Orgasmus zu spüren. Und das ist eine völlig andere Geschichte. Und so habe ich noch beides in mir, weil das kleine Kind mit all seinen Erfahrungen immer noch in mir ist, und doch gibt es auch die erwachsene Frau, die jetzt weiß, dass sie »nein« sagen kann, ihren eigenen Weg wählen und das fühlen kann, was sie fühlen möchte. Das ist der Schlüsselpunkt für mich: dass ich weiß, mich entscheiden zu können, einen Orgasmus zu haben, und wenn ich es nicht will, kann ich »nein« sagen. Und ich weiß jetzt, dass die Leute auf mich hören – und wenn sie es nicht tun, kann ich für mich selbst eintreten. Es ist wirklich eine Wahlentscheidung für mich.

Zu versuchen, mich an meinen ersten Orgasmus zu erinnern, ist schwierig. Weil ich denke, als ich sehr klein war, so sieben, acht Jahre alt, hatte ich Gefühle, die, wie ich meine, eine Art Orgasmus waren. Aber zu dieser Zeit wusste ich nicht, was es war. Ich wusste, dass es sich in der Situation gut anfühlte, aber die Situation an sich war nicht gut. Es war deshalb so schwierig, weil mein Vater etwas mit mir machte, und auf einmal kam ein wohliges schönes Gefühl von meinen Beinen ausgehend über mich, es breitete sich über meinen ganzen Körper aus, und ich war in einer Situation, in der ich nicht glücklich sein konnte, beinahe glücklich. Deshalb wusste ich nicht, was ich damit anfangen sollte. Und jetzt weiß ich, dass ich damals meinen ersten Orgasmus fühlte. Ich lag. Und mein Papa machte etwas mit seinen Fingern. Er ging damit rein und raus; es war nicht das erste Mal, dass er das tat. Aber ich denke, wenn jemand wütend ist, dann tut er das mit Gewalt. Und dann tut es weh, und das ist nicht gut. Aber in diesem Moment war er netter. Er war lieber, fast schon. Und er tat es sanfter.

Und das war der Unterschied. Diese Sache tat sonst immer weh, aber nicht in diesem Moment. Es tat nicht weh – es war ein gutes Gefühl. Es fühlte sich schön an, aber ich verstand es nicht. Ich dachte, ich dürfte kein gutes Gefühl haben, weil das, was mein Vater tat, nicht gut war. Das Gefühl war also überwiegend schön, obwohl ich es nicht völlig zugelassen habe. Ich war ein Gegenstand und wurde missbraucht, um Erregung bei jemand anderem zu erzeugen. Denn niemals hat er gefragt: »Magst du das? Tue ich dir weh?« Es war so, als würde ich nicht existieren. So, als hätte ich das zu tun, was mir gesagt wurde. Deshalb war es immer nicht-liebevoll und ich wusste, dass Herumbrüllen und Schlagen nicht gut sind. Wenn ich das mit einem Kind in der Schule täte, würde jemand einschreiten. Deshalb wusste ich: Schmerz war nicht gut.

Es war schwierig, weil mein Vater jemand war, bei dem plötzlich die Stimmung umschlagen konnte. Eben erfreute er sich noch an der Sonne, im nächsten Moment legte ich ein Buch so hin, wie er es nicht mochte, und plötzlich wurde er schrecklich wütend, schrie und schlug auf mich ein, schickte mich auf mein Zimmer oder tat irgendetwas anderes. Es gab immer die Angst, dass dieser Moment kommen könnte. Sogar mitten in einer Art von Freude gab es diese Angst: »Oh mein Gott, mit jedem meiner Atemzüge kann sich seine Stimmung ändern und er wird wieder wütend.« Ich konnte mich als Kind also nicht entspannen. Ich war immer auf der Hut und in Angst. Immer Angst. Deshalb war der Orgasmus eine Art Flucht vor all dem. Aber ich wagte es nicht, ihn wirklich zu genießen. Das war nicht nur mit dem Orgasmus so. Das war so mit allen Glücksgefühlen. Ich hatte immer davor Angst, dass sie mir jemand wegnehmen könnte. Mein Vater drückte immer aus: »Du darfst nicht glücklich sein.« Wenn ich glücklich war, dann erinnerte es ihn vielleicht daran, dass er auch glücklich sein wollte, aber nicht wusste, wie. Ich weiß es nicht. Jeden Tag sagte er mir, was für ein Missgeschick ich sei. Und dass es besser gewesen wäre, wenn ich nicht geboren worden wäre. Und dass ich ihm im Weg sei, immerzu nur im Weg.

Ich erinnere mich, wie ich eines Tages, ich war ungefähr acht, eine Auseinandersetzung zwischen meinen Eltern mitbekam – oben im zweiten Stock. Und meine Mutter weinte. Doch es war meiner Mutter nicht erlaubt, zu weinen, weil Weinen etwas für schwache Leute war, nichts für starke Leute. Aber in diesem Augenblick hatten sie einen wirklich schlimmen Streit und ich hörte, wie meine Mutter weinte. Und sie schrie. Sie schrie sonst nie und dann ging sie aus der Tür und rannte die Stufen zum Dachboden hinauf. Sie weinte, und ich hatte meine Mama niemals weinen gehört. Deshalb ging ich hinauf und schrie meinen Vater an: »Schlag mich, schlag mich. Mir egal. Aber sprich nicht so mit meiner Mama! Das will ich nicht!« Das war das erste Mal, dass ich so etwas sagte. Das erste Mal, dass ich mich wehrte. Aber innerlich war ich voller Angst! Es war nur dieser eine Moment. Meine Mutter litt und ich konnte es nicht ertragen, das zu sehen. Und etwas bäumte sich in mir auf. Eine Art Widerstandskraft. Das Seltsame war, dass mein Vater mich nicht schlug. Ich hätte mir selbst nun sagen können, gut so, ich weiß jetzt, dass ich für mich selbst einstehen kann, vielleicht wird er mich nicht mehr verletzen. Aber ich konnte darauf nicht vertrauen. Deshalb widersetzte ich mich meinem Vater nie wieder. Ich lebte mein Leben in Angst weiter.

Zu entscheiden, welcher Orgasmus für mich der stärkste war, ist schwierig, denn jedes Mal, wenn ich einen Orgasmus mit einem anderen Mann hatte, war dies immer etwas Besonderes. Jeder Orgasmus fühlte sich sehr stark an, aus verschiedenen Blickwinkeln betrachtet. Ich denke, das Wissen, dass ich die Wahl getroffen hatte, einen zu bekommen, machte mich sehr glücklich oder sehr stark. Und ich wollte wirklich in die Tiefe gehen und mich jemandem hingeben. Ich wollte diesen Orgasmus fühlen und mich öffnen, was ich vorher nie hatte tun können, wegen all der Schmerzen aus meiner Kindheit. Ich kann mich an ein paar Orgasmen erinnern, die sehr stark waren und mich sehr glücklich machten, die mich fühlen ließen, dass ich eine Frau bin. Es gab das erste Mal, als ich »Nein« sagte, als ein Mann etwas tat. Ich hatte etwas Wundervolles gefühlt und dann tat er etwas, was dieses Gefühl zum Verschwinden brachte. Und normalerweise hätte ich früher nichts gesagt. Ich wäre einfach so liegen geblieben. Und dieses Mal sagte ich: »Nein, ich mag das nicht.« Und er hörte auf mich. Er tat, was ich sagte. Und das machte meinen Orgasmus so intensiv und so stark. Deshalb erinnere ich mich an diesen als an einen der ersten – da war ich achtzehn oder zwanzig. Und später gab es auch einige. Ein Jahr lang hatte ich eine Beziehung zu einem verheirateten Mann. Er war der erste Mann, der mir jeden Tag sagte, wie schön ich sei. Dabei war ich vollkommen übergewichtig. Ich mochte mich selbst nicht und ich mochte meinen Korper nicht. Und jeden Tag sagte er mir, ganz egal, was passierte, ganz egal wie ich aussah, ich sei schön. Also während der ganzen Zeit mit ihm habe ich das wirklich gefühlt. Ich fing an zu fühlen, dass ich schön war. Als ich damals Orgasmen hatte, fühlte ich es in jeder Zelle meines Körpers, weil ich mir erlaubte, zu denken: »Er hat recht!« Ich wollte fühlen, was er sah. Ich wollte es auch fühlen. Deshalb war das auch sehr stark.

Später, ich denke so vor drei Jahren, traf ich einen Mann – wir sahen einander, waren uns vorher nie begegnet und von der ersten Sekunde an wussten wir, dass wir zusammen sein wollten, wir mussten einfach zusammenkommen, auf der Stelle. Also ging es vom ersten Treffen bald über in häufiges Sehen, Zusammensein und alles miteinander erleben. Und der Sex mit ihm war sehr, sehr intensiv. Er fühlte sich sicher an, fast so wie ein Zuhause. Ich konnte mich ihm völlig hingeben. Mit dem verheirateten Mann hatte ich das auch zu 100 Prozent getan, aber nur so viel, wie ich damals eben konnte. Und mit diesem Mann wurde es tiefer. Ich denke, da gibt es immer noch eine Menge zu entdecken, es in der Tiefe zu fühlen. Jedes Mal komme ich ein klein wenig tiefer. Und jedes Mal ist es in diesem Moment am stärksten. Ein Orgasmus bedeutet also, mich zu öffnen. Es bedeutet, mich so sicher zu fühlen, dass ich völlig in der Erregung und Freude aufgehe und im Gefühl der Leidenschaft, ohne irgendwelche Gefühle von Unsicherheit oder Scham, ohne mich selbst zu fragen, wie er es denn gern hätte, sondern indem ich ganz ich selbst bin – das ist es. Das ist die Grundlage für mich.

Wenn ich mich sicher fühle, kann ich mich vollkommen hingeben. Aber wenn ich mich nicht sicher fühle, dann blockiere ich. Sicher fühlen bedeutet, dass die Person, mit der ich zusammen bin, alles, was ich fühle, respektiert und das, was ich will oder nicht will – dass er mich mit all meinen Wünschen und Gefühlen respektiert. Wenn jemand von mir etwas fordern würde oder Vorstellungen davon hätte, wie ich sein sollte oder was ich tun sollte, dann wäre das nicht gut. Das würde sich nicht sicher anfühlen. Es wäre nur sicher, wenn ich fühlen könnte, dass Nein genau so gut wie Ja wäre. Wenn er mich fragt, und ich sage: »Ja, ich würde mich gern für dich verwandeln, mich für dich anders anziehen.« Das wäre in Ordnung. Und wenn ich aus meinem tiefsten Inneren heraus sagen würde: »Ich kann nicht« oder »Ich möchte nicht« wäre auch das OK, weil er dann wollen würde, dass ich so bin, wie ich bin. Dass ich fühlen kann, was mich glücklich macht und nicht nur, was ihn glücklich macht. Dann ist es sicher. Wenn mir jemand Raum gibt, ich selbst zu sein – mit allem, mit Schmerz und Vergnügen, allem zugleich

Liebe bedeutet für mich, einander in jeder Weise zu respektieren. Nicht über den anderen zu richten oder von ihm zu erwarten, dass er irgendetwas tut. Ohne darüber enttäuscht zu sein oder den anderen zu verurteilen, wenn er nicht das tut, worum er gebeten wurde. Weil das einzig Mögliche nur darin besteht, von Grund auf ehrlich zu sein. Und wenn du ehrlich bist, dann gibst du das Beste von dem, was du bist, an jemanden anderen. Wenn du Nein sagst, ein echtes, ehrliches Nein, dann bedeutet das mehr als ein falsches Ja. Das ist es, was ich mit jemand anderem teilen möchte. Natürlich soll das gegenseitig sein.

Ich habe Fantasien, wenn ich mir einen Orgasmus verschaffe, und ich glaube, sie drehen sich um all das, was ich als Kind vermisst habe. Um eine warme, liebevolle Umgebung, jemanden, der mich wirklich so sieht, wie ich bin, jemanden, der wirklich mit mir zusammen sein möchte. Nicht wegen etwas anderem, sondern wegen mir. Wenn ich diese Sanftheit, Liebe und Sicherheit spüren kann, mache ich mir selbst einen Orgasmus. Dann kann ich es kommen lassen, weil ich mich sicher und geliebt fühle – alles, was mir fehlte. Ich kenne mehrere Geschichten aus eurem Buch aus eigenem Erleben – das mit der Haarbürste und der Dusche; all das ist gut, um das Gefühl zu bekommen, in Sicherheit zu sein und geliebt zu werden. Für mich wäre ein Orgasmus ohne Fantasien so, als würde ich vergewaltigt. Ich muss mir eine liebevolle Umgebung schaffen.

Ich weiß nicht, was die Zukunft des Orgasmus für die Welt bedeuten wird, aber ich habe eine Vorstellung davon, was es für mich selbst bedeutet. Ich habe begriffen, dass mein Körper sehr viele Male missbraucht wurde, während ich herangewachsen bin, und ich deshalb seinen Wert nicht anerkennen konnte. Ich wusste nicht, wo meine Grenzen waren. Und über die Jahre habe ich gelernt, meinen Körper nicht für selbstverständlich zu erachten, sondern mich daran zu erfreuen und dankbar dafür zu sein. Und jetzt sind meine Gefühle so tiefgehend, dass ich mich von niemandem berühren lasse, wenn es sich nicht völlig richtig für mich anfühlt. Wenn ich mich also von einem Mann umarmen lasse, weil ich denke: »Es ist OK so«, dann ist es in Ordnung. Aber wenn ich mich von diesem Mann nicht umarmen lassen möchte, dann würde ich mich wieder wie vergewaltigen lassen – ein klein wenig, auf einer energetischen Ebene. Und das ist es, was ich gelernt habe. Auf diese Weise erlange ich mehr und mehr Selbstachtung. Und das ist, was ich erhoffe: Dass ich meinen Körper und mich selbst so sehr liebe, dass ich mich respektiere, ganz gleich in welcher Situation und mit wem ich zusammen bin. Was auch immer sie über mich denken, was auch immer sie sagen, das Wichtigste ist, dass ich mir selbst treu bleibe. Deshalb baue ich das Liebvolle, die Sicherheit und das Vertrauen in mir auf. Und ich hoffe, ich kann zusehends dafür einstehen.

Mein Traum ist, dass wir wir selbst sein können, in jeder Beziehung und jedem Moment – dass wir fähig sind, überall offen miteinander über unsere Gefühle und Erfahrungen zu sprechen. Ich habe einen Traum: Sexuellen Missbrauch wird es eines Tages nicht mehr geben. Und deshalb habe ich eine Stiftung für das Projekt »Speak Now« gegründet. Wir wollen dazu ermutigen, über Missbrauch zu reden. Ich glaube, wenn du in allem, was du fühlst und sagst, du selbst bist, hast du die Grundlage, um solch traumatische Erfahrungen wie Missbrauch zu verarbeiten. Deshalb ist unser Slogan: »Make your scars your stars« (Mach deine Narben zu deinem Leitbild). Tabus existieren zum Schutz vor Schmerzen. Über Schmerzen zu sprechen ist nur dann wirklich effektiv, wenn du auch die Details erzählen kannst. Und bei sexuellem Missbrauch ist das Problem, dass niemand es wagt, Wörter auszusprechen wie Vagina, Pimmel, Vergewaltigung. Die Medien zum Beispiel reden immer darum herum. Was Missbrauchende den Kindern wirklich antun, wird so gut wie nie beschrieben. Das, was einem Kind passiert, wenn es drei oder vier Jahre alt ist. Sie sagen nur: »Die missbrauchten Kinder waren zwischen drei und sieben Jahre alt.« Ich möchte insbesondere darüber sprechen. Nur dann nämlich werden die Leute verstehen, warum sexueller Missbrauch so tief in das Leben eines Menschen einschneidet und so lange schlimme Nachwirkungen hat. Wenn man die Details beschreibt, dann muss man durch Schutzzonen, die sich die Leute geschaffen haben, weil sie nicht damit konfrontiert werden wollen. Wir schützen uns selbst vor dem Schmerz in uns. Ich denke, wenn wir das aufbrechen könnten, wenn wir es wagen würden, unseren Schmerz zu zeigen, dann könnten wir uns vollständig befreien. Ich habe von Frauen erfahren, die ihre Söhne missbrauchten, oder von Männern, die dies taten. Ich denke nicht, dass es eine Frage des Geschlechts ist. Ich denke, das steckt in den Menschen drin. Und ich denke, weil Männer etwas egozentrischer auf Macht und Status aus sind, scheinen sie anfälliger dafür, andere zu benutzen, zu missbrauchen oder Frauen zu unterdrücken. Aber ich denke, es steckt im Menschen. Es ist ein universales Problem.

Elfriede (Deutschland)
»Mein erster Orgasmus war mein stärkster«

Für mich ist Orgasmus ein Glücksgefühl. Es geht zum Teil vom Kopf aus, aber trifft den ganzen Körper. Als ich meinen ersten Orgasmus hatte, war ich bereits 29 Jahre alt - es geschah, als mein Sohn gerade geboren war. Ich war mit meinem Liebsten im Bett und wir hatten beide nichts an. Wie zur damaligen Zeit üblich war das der einzige Ort, wo man solche Dinge tun konnte. Und dieser Orgasmus passierte plötzlich. Ich weiß nicht wie, es geschah einfach. Ich musste den Mann umarmen. Einfach so. Es war wie ein Reflex. Und dann lagen wir eng umschlungen. Und ich konnte nichts weiter tun, als ihn umarmt halten. Ich weiß nicht warum. Danach war ich glücklich und lächelte.

Zu meiner Zeit war dieses Thema tabu. Man sprach nicht darüber, auch mit der besten Freundin nicht. Das war eine ganz ureigene Sache. Und deshalb ist es schwierig für mich, meinen Orgasmus zu zeigen oder auszudrücken, auch jetzt noch. Es lag zum Teil auch an der Situation damals, die sehr schwierig war. Ich habe viel verdrängt.

Orgasmus verlangt keine Nacktheit. Es verlangt nur ein bestimmtes Gefühl. Es ist jedes Mal ein wenig anders und hängt davon ab, wie der Partner agiert oder reagiert.

Doch nach der Enttäuschung durch den Liebhaber, mit dem ich zusammen war, verlor ich das Vertrauen in Männer. Es fiel mir sehr schwer, wieder Vertrauen aufzubauen, was aber unbedingt dazu gehört. Um ehrlich zu sein, ich hatte danach keine großartigen Beziehungen zu jemand anderem mehr. Es gab eine Verbindung – aber ich habe sie abgebrochen, als ich umgezogen bin. Das war nicht wegen eines Mangels an Vertrauen. Es wäre mir einfach zu viel geworden. Mittlerweile hatte ich mein erstes Enkelkind und das Leben hatte sich einfach völlig verändert. Alles konzentrierte sich auf die nun erweiterte Familie. Ich habe das meiste andere vergessen. Und deshalb kann ich sagen, mein erster Orgasmus war zugleich der stärkste.

Ich verhelfe mir selbst nicht zum Orgasmus und ich habe eigentlich nie erotische Fantasien gehabt, vielleicht wegen meiner Erziehung. Meine Mutter war sehr fromm, da sollte alles, was mit Sexualität zu tun hat, innerhalb der Ehe stattfinden. Dem entsprechend hatte man sich zu benehmen. Und dann bin ich aus diesem Muster ausgebrochen – ich wurde unehelich schwanger. Das war gegen ihre Religion, aber sie akzeptierte es, und ihr Enkelsohn bedeutete ihr alles, und sie bedeutete alles für ihn. Wir lebten zusammen, bis mein Sohn heiratete.

Ich denke, dass der Orgasmus heute eine viel stärkere Rolle spielt als zu meiner Zeit. Ich sehe, dass die Gesellschaft heute offener ist und bereit zum Reden. Und ich kann sehen, wie junge Leute versuchen, die Wünsche der anderen Person ernst zu nehmen, Fragen stellen und innerhalb der Beziehung miteinander reden.

Und das wird zukünftig auch so weitergehen, denke ich.

Dany (Deutschland) »Ich konnte nicht verstehen, dass so viel Sperma aus meinem Penis kam«

Ich kann mich an meinen ersten Orgasmus erinnern. Ich war neun oder zehn und spielte mit einem Mädchen aus der Nachbarschaft. Ich spürte meine Erektion. Und dann fühlte ich, wie diese Flüssigkeit aus meinem Körper kam, und ich nahm den Geruch im Raum wahr und ich fragte mich, wie dieser Geruch aus dem Schlafzimmer der Eltern des Mädchens wieder verschwinden könnte.

Als die Flüssigkeit aus meinem Penis kam, empfand ich zunächst ein wenig Angst, weil das kein Urin war. Doch ich fühlte einen ähnlichen Druck und hatte ähnliche Empfindungen wie beim Pinkeln. Und nachdem du das erstmals entdeckt hast, kannst du diese Kunst, dich selbst zu erforschen und kennenzulernen, weiterentwickeln.

Einen meiner stärksten Orgasmen erlebte ich, als ich ungefähr fünfzehn war. Das war in Christiana, in Dänemark, und dort wurde plötzlich eine meiner inneren Fantasien wahr. Ich hatte zusammen mit zwei Jungs und einem Mädchen ein spielerisches sexuelles Erlebnis. Und ich denke, dass ich eine meiner stärksten Erektionen und auch einen der stärksten Orgasmen hatte. Ich konnte einfach nicht verstehen, dass so viel Sperma aus meinem Penis kam. Und ich fühlte, wie ich in anderen Sphären schwebte. Ich gelangte an diese guten Orte, weil ich mich meinen Fantasien hingegeben hatte. Das war fröhlicher, freier Sex mit heißen Brüdern und einer Schwester. Es war sehr liebevoll und funky. Seit damals habe ich ähnliche Orgasmen erlebt, aber nicht in dieser Intensität. Es war das erste Mal, das ich mit mehr als einer Person sexuell verbunden war.

Ich brauche keine äußeren Reize, um mir eine Fantasie zu erschaffen. Sie entsteht durch ein inneres Bild oder während echter körperliche Interaktion, so wie bei meinem Erlebnis mit mehreren Menschen zusammen, oder einfach, indem ich onaniere. Ich konzentriere mich auf meine selbst erschaffenen Fantasien, auf etwas, das aus mir selbst entspringt. Und ich kann das auch nutzen, um mir Wünsche und Träume zu erfüllen. Es gibt Leute, die sich Frieden wünschen, wenn sie zum Orgasmus kommen. Ich bete manchmal, wenn ich Sex habe. Manchmal fühlt es sich einfach so an, dass es für die Situation richtig oder nötig ist. Ein Gebet ist auch eine Art von Fantasie. Es ist verbunden mit dem Empfindung, ein höheres Bewusstsein erlangen zu können. Und wenn ich dann in diesen Raum gelange, wo ich meine körperliche Existenz loslassen kann, verbinde ich meine Fantasie mit einem Gebet, mit Wünschen.

Für mich ist die Zukunft von Orgasmus eine Zukunft ohne Unterdrückung und Verdrängung von sexuellen Bedürfnissen. Ich stelle mir eine sexuelle Revolution vor, eine Welt mit weniger Scham und mit Gleichheit für Männer und Frauen. Die Macht der Religionen, welche die Menschen unter Kontrolle gehalten haben, wird abnehmen. Und wir werden für unsere Orgasmen beten. Die Welt wird frei und schon und blau sein. Die Motivation und die Energie für unseren Glauben schöpfen wir aus unserer Hoffnung. Hoffnung und Natur. Wir alle sind Natur. Sex ist immer etwas rein Natürliches.

Valentina (Niederlande) S. 213
»Wir sangen Mantras und er kam spontan«

Für mich ist Orgasmus eine Explosion. Ich finde das sehr schön. Ich habe nicht viel Erfahrung, aber ich weiß, wie ihn mir selbst machen kann. Nachdem ich das Buch: »Tantra« gelesen hatte, dachte ich: »Oh, es ist gar nichts Schlechtes, das zu tun.« Ich finde es genussvoll.

Mein erster Orgasmus ereignete sich vor sehr langer Zeit in Spanien. Ich hatte ein schönes Erlebnis mit einem spanischen Mann. Als ich allerdings in die Niederlande zurückkam, empfand ich es als etwas Schlechtes. Er arbeitete in einem Restaurant. Er mochte mich und deshalb lud er mich ein, mit ihm auszugehen. Ich bin keine Frau, die sofort mit jemandem ins Bett geht. Ich bin eine Person, die denjenigen lieben muss, bevor sie das tun kann. Ich tat es, weil er es wollte und weil ich dachte, es würde aufregend sein. Und weil es das erste Mal war, fürchtete ich mich natürlich ein wenig. Ich hatte einen Freund, als ich sechzehn war. Wir hatten intimen Kontakt, allerdings nicht im Bett. Mit dem spanischen Mann war es richtiger Sex.

Ich weiß nicht, wie alt ich war. So zwischen zwanzig und fünfundzwanzig. Er war zärtlich. Wenn jemand direkt ins Bett will, dann geht das bei mir nicht. Wir sprachen miteinander. Er war wirklich süß, und ich habe eine Schwäche für süße Menschen. Deshalb öffnete ich mich ihm. Wir gingen in seine Wohnung. Es war in seinem Bett. Wir brauchten eine ganze Weile. Es überraschte mich, weil es mein erster Orgasmus war. Ich hatte eigentlich nicht die Absicht, mit ihm Sex zu machen. Und ich dachte «Oh, das ist schön. Es ist nichts Schlechtes.«

Wir hatten nur diese eine Nacht, weil es zwei Tage vor meiner Abreise geschah. Es war eine Art von Kribbeln. Ich war glücklich. Es war gut, es war – Adrenalin. Ich wollte nicht ohne Kondom Liebe machen, und er benutzte eins; ich habe das nicht selbst gemacht. Ich konnte sehen, dass auch er glücklich war. Zu dieser Zeit liebte ich mich selbst nicht. Deshalb dachte ich: »Ah, er mag mich, das ist schön.« Ich denke, er wollte Kontakt mit mir, aber zu dieser Zeit dachte ich, es wäre nur für den Urlaub. Ich fuhr ein wenig traurig zurück nach Holland. Aber ich war auch froh darüber, dass ich die Sache getan hatte, von der ich nicht gewusst hatte, dass ich sie tun würde. Alle denken, ich bin eine Jungfrau, aber das stimmt nicht. Ich mache es mit einer Person, die ich liebe. Ich bin dieser einen Person gegenüber sehr loyal.

Meinen stärksten Orgasmus hatte ich beim Singen. Er war sehr stark, weil mein ganzer Körper energiegeladen war. Vielleicht auch wegen der Lehrerin – ich fühlte ihre Energie. Vielleicht auch wegen der Energie all der Leute, die da waren. Wir sangen Mantras und er kam spontan. Ich wusste gar nicht, was da passierte. Weil ich dachte, dass ich es zusammen mit jemand anderem machen müsste. Ich fühlte die Energie. Sie strömte durch meine Arme und Beine und entlud sich in meiner Vagina. Ich traute mich nicht, irgendjemandem davon zu erzählen. Ich war überrascht. Aber ich war glücklich.

Ich habe Fantasien. Ich habe mich tatsächlich in meine Friseurin verliebt, und ich habe Fantasien von ihr und mir. Manch mal mache ich mir meine Orgasmen selbst. Dann denke ich an sie, wenn ich es tue. Meine Fantasie ist dann, dass ich Liebe mit ihr mache. Manchmal stelle ich mir vor, ich wäre ein Raubtier. Vielleicht, weil ich sonst immer nett und freundlich sein muss. Vielleicht will ich einfach auch mal etwas ganz anderes tun. Ich bin eine sehr spontane Person. Ich möchte sie nicht schockieren.

Meine Fantasien sind sowohl zärtlich als auch wild. Und das hilft mir, den Orgasmus zu erreichen. Ich habe auch Fantasien, während ich mich sanft mit einer Feder berühre. Ich stelle mir etwas vor und massiere mich.

Ich denke, es ist wichtig, dass Orgasmus kein Tabu sein darf. Er sollte nicht unter dem Tisch versteckt werden. In meinem Umfeld spricht man nicht darüber. Wir sollten darüber sprechen, dass er Freude macht – und das sollte für Männer wie Frauen akzeptabel sein.

Keren (Israel)
»Ich entdeckte mich selbst«

Ich denke, Orgasmus ist eine Art von innerer Debatte oder Diskussion. Er spricht Stimmen im Inneren des Individuums an. Für mich ist der Orgasmus mit viel sozialem und altersbezogenem Druck verbunden, da er auch mit Schwangerschaft und Geburt in Zusammenhang steht. Wenn ich gebeten würde, eine konkrete Definition für das Wort abzugeben, dann würde ich es mit Lösen von Spannung umschreiben. Manchmal ist Orgasmus mit einer Art von emotionaler Überflutung verbunden. Ich fühle nicht nur das Lösen der Spannung, sondern spüre danach Klarheit. Es fühlt sich so an, als ob ich emotional gereinigt wurde.

Pre-creation (Vor-Schöpfung) ein Zurückversetzen in unsere Ursprünge ist sehr wichtig im Zusammenhang mit Orgasmus. Das Judentum ist stark auf die Erschaffung von Welten und darauf gerichtet, wie das eigene Leben nach Recht und Gesetz gelebt werden kann, auf sozialem, ethischem und natürlichem Gebiet. Es geht dabei auch um geheime Gesetze und die Beziehung zu deinem Gott. Für mich bedeutet dieses Zurückversetzen, mich in eine Situation zu begeben, als diese Gesetzesstrukturen und Systeme noch nicht existierten. Davor gibt es eine Zeit der Wildnis. Und das ist der Zustand, mit dem ich mich zu verbinden versuche. Eine Welt, in der es noch kein Gesetz gab, eine Welt, die keine Verdammung kennt. Dort ist es sehr rein.

Ich kann mich nicht an meinen ersten Orgasmus erinnern, weil ich wahrscheinlich die Erinnerung an die Dinge zurückhalte, die in einem unpassenden Alter geschahen. Deshalb möchte ich auf eine Angelegenheit eingehen, die geschah, als ich sechzehn war. Damals entdeckte ich mich selbst. Ich denke, dass ich genügend Informationen hatte und neugierig genug war, um mich selbst zu untersuchen, damit ich verstehen konnte, wie es sich anfühlt und worüber alle sprachen. Aber es war eine vertrackte Geschichte, weil die Welt damals – und ganz besonders in Israel – noch ziemlich naiv war. Ich war keinen sexuellen Inhalten im Fernsehen oder Internet ausgesetzt, so wie Teenager heute. Es gab immer noch ein Gefühl von Gefahr, von etwas, das anders ist als das Alltägliche. Etwas, das von der Norm abweicht. Es war um vieles geheimnisvoller. Damals wurden Frauen weniger zur Schau gestellt – in sexueller Hinsicht. Deshalb rankte sich darum etwas Intimeres, Gefährlicheres und Persönlicheres.

Während meiner Entdeckungsreise war ich allein in meinem Zimmer, weil dies mein Raum für intime Erlebnisse war. Ich war allein und ich war nicht völlig nackt. Wahrscheinlich trug ich ein Kleid oder einen Rock, weil es meist sehr heiß ist in Israel. Die Entdeckung meiner selbst fühlte sich ein wenig nach einem Experiment an, und ich fühlte mich wie eine Forscherin. Während des Experiments hatte ich Zweifel, ob ich das, was ich finden wollte, auch erreichen kann. Es war mir nicht klar, weil es lange dauert, deinen Körper zu verstehen. Informationen über deinen Körper werden selten kommuniziert. Also fragte ich mich selbst: »Sollte es sich so anfühlen? Ist es das?« Ich war mir nicht sicher, ob ich es richtig anstellte und was es zu bedeuten hatte. Schließlich aber wusste ich, dass ich zum Orgasmus gekommen war. Andererseits spürte ich keinen Stolz darauf, es getan zu haben. Ich war verwirrt, weil das ja erst der Anfang war. Es gab keine großen Gespräche über Sexualität. Die Leute gehen davon aus, dass du natürlich durch diese Entwicklungsstufe gehst. Aber das stimmt nicht: Es ruft eine Menge Fragen und Konflikte in den Menschen hervor. Bei einigen geschieht das sehr früh, bei anderen später, was mehr Konfliktpotenzial in sich birgt.

Meinen stärksten Orgasmus erlebte ich mit mir selbst. Es war ein echter Moment der Freiheit. Ich hielt mich im Haus meiner Tante im Süden Frankreichs auf. Es war warm und ich saß nackt am Pool. Ich war von der Natur umgeben und fühlte mich mit ihr tief verbunden, mit dem Wasser und der Stille des Moments. Es fühlte sich an wie die perfekte Kombination. Der Orgasmus war nicht sehr lang, aber er war sehr stark. Ich fühlte mich so, als würde ich zu einer Quelle zurückkehren oder etwas Vor-Sexuellem, etwas sehr Kreativem. Ich saß auf dem heißen Boden neben dem Pool. Ich war nackt, aber aus Respekt vor den Nachbarn hatte ich mir ein Handtuch umgewickelt. Und dann fühlte ich es plötzlich. Es fühlte sich absolut richtig an. Es war nicht nur ein sexuelles Bedürfnis. Es war mehr so, als würde ich mich in etwas hineinschwingen. Orgasmus kann dich manchmal einstimmen. So verband ich mich mit sehr wertvollen Dingen wie Wasser, der Natur und der Erde. Es war, als würde ein Teil von mir tiefer in mich eindringen. Es war ein ganz entscheidender Moment, in dem ich empfand, wie die Dinge in eine Frau eindringen. Es baute sich schön auf und danach fühlte sich mein Körper ganz entspannt an – so wie nach einer Massage. Irgendetwas in den Zellen gab einfach nach. Das war eine Erfahrung absoluter Hingabe. Es war nicht wie Sex, wo du wenig Zeit hast und nur auf eine Lösung der Spannung aus bist. Und die Hingabe hatte viel mit der Positionierung meines Körpers zu tun. Ich fühlte eine große Freiheit. Ich fühlte mich wie im Paradies oder in einer vorzeitlichen Welt.

Im Allgemeinen habe ich keine Fantasien, wenn ich mir einen Orgasmus verschaffe. Es ist wirklich etwas, das aus mir kommt und in mir selbst ist. Ich hoffe, dass Orgasmus in Zukunft mehr Intimität mit uns selbst, unseren Körpern, dem Leben und dem Miteinander bringen wird.

Dr. Betsy Dodson
Über den weiblichen Orgasmus

Es gibt eine enorme Vielfalt in dem, wie Menschen den Orgasmus beschreiben und erleben. Er ist eine sehr persönliche Erfahrung. Ein Orgasmus geschieht, wenn eine Frau über eine gewisse Zeit erregt wird und ihre sexuelle Spannung sich schließlich in der Freude des Höhepunkts löst. Wie dieses Gefühl empfunden wird, variiert. Nach dem Aufbau der sexuellen Spannung und der sich steigernden Erregung übernimmt der Körper ab einem bestimmten Punkt die Steuerung, und die Spannung entlädt sich in einem oder mehreren Orgasmen. Für Männer geht das gewöhnlich mit einer Ejakulation einher. Bei Frauen scheint die Ejakulation nicht eingeschlossen, aber bei denjenigen, die klitoral und über ihre G-Fläche stimuliert sind, kann es dazu kommen. Da wir Frauen anders als Männer mehrere Orgasmen nacheinander erleben können, gelingt nach kurzer Erholung eine erneute Stimulation der Klitoris und wir gelangen zum nächsten Höhepunkt. Das wird als multi-orgiastisch bezeichnet Es bedeutet nicht, dass wir von einem Orgasmus in den nächsten kommen. Vielmehr erfordert jeder einzelne eine gewisse Form der fortgesetzten Erregung.

Ich möchte nicht versuchen, den einen bestimmten Orgasmus zu beschreiben, das wäre zu viel verlangt. Jede Person hat ihre ureigene Definition davon und jeder Mensch beschreibt das eigene einzigartige Erlebnis. Unser Hauptproblem heutzutage ist es, dass die Gesellschaft noch immer das männliche Modell der sexuellen Erregung benutzt, welches bei Frauen sehr selten funktioniert. Männer haben gewöhnlich eine sehr direkte Art, zum Höhepunkt zu gelangen. Danach geht alles wieder zurück auf die Ausgangsposition. Der Spannungsaufbau der Frauen ist weit indirekter, weil wir noch an die Wäsche denken oder ans Abendbrot. Unsere Gedanken schweifen also ab und es dauert, bis wir schließlich zum Punkt kommen. Dann kriegen wir unseren Orgasmus. Nach kurzer Erholung können wir zu einer Art von klitoraler Stimulation zurückkehren und einen weiteren Orgasmus haben.

Nicht sehr viele Orgasmen können durch Partner-Sex voll ausgelebt werden. Wenn du dagegen ganz mit dir selbst bist, gibt es nichts als dich selbst, um das du dir Gedanken machen muss, und Sex wird einfacher und direkter. Wir sind ganz einfach bei unseren eigenen freudvollen Empfindungen und müssen nicht auf unseren Partner achten. Wir können unsere Spannung weiter und weiter aufbauen und uns schließlich in die Entspannung des Orgasmus fallen lassen. Oder wir können das tun, was »Edging« genannt wird. Ich baue meine Erregung bis kurz vor dem Punkt auf, an dem ich komme, unterbreche dann jedoch, um sie zurückzunehmen, warte einen Moment, atme tief durch und beginne von Neuem. Wenn ich den Orgasmus kommen fühle, breche ich wieder ab. Auf diese Weise kommst du dem Moment mit jedem Mal näher, das Empfinden wird stärker und drängender. Es gibt Leute, die können das stundenlang ausdehnen. Ich schaffe es lediglich zehn bis dreißig Minuten, wenn ich Glück habe. Letztendlich denke ich immer: »Ach, ich sollte besser weitermachen und endlich kommen, sonst entwischt mir der Moment womöglich.« Also lass ich beim nächsten Anstieg locker und komme. Danach zittere ich am ganzen Körper, zucke unter den reflexartigen Bewegungen meines Beckens und die sexuelle Energie fließt langsam ab.

Absolut köstlich!

Es gibt nicht nur den einen richtigen Weg zum Orgasmus. Für jeden und jede von uns sind sie alle ganz einzigartig und verschieden. Zudem ist kein Orgasmus wie der andere. Das kann von Mal zu Mal variieren. Dabei gibt es eine große Bandbreite von Möglichkeiten. Wenn alle deine Höhepunkte tatsächlich gleich erscheinen, steckst du in einer Routine fest und solltest einfallsreicher werden. Je älter ich werde, desto mehr verlasse ich mich auf meine Fantasien und richte meine Gedanken auf die Empfindungen meiner Klitoris. Wir alle wissen, dass unsere Gedanken abschweifen können, wenn wir masturbieren, sobald wir auch nur ein wenig an andere Dinge denken. Habe ich vor, während der Selbstbefriedigung zum Orgasmus zu kommen, verlasse ich mich auf meine Fantasien, um mich vollends auf Sex zu konzentrieren. Wenn ich meine schmutzigsten beschreiben sollte, brächte mich das wohl direkt ins Gefängnis. Meine Jungen-Pfadfinder-Gruppe ist eine meiner Lieblingsfantasien. Ich bin mit ausgestreckten Armen am Ende eines umgefallenen Baumstammes festgebunden. Ein schmucker Ober-Pfadfinder lässt mich von allen seinen kleinen Pfadfinderlein ficken, während ich hilflos daliege. Selbstverständlich gibt er die ganze Zeit Anweisungen. So wird das Ganze eine Art Sex-Unterrichtsstunde, von der alle ihren Nutzen haben. Außerdem gibt es noch die Sache mit Jon im Park. Ich hocke auf meinem Freund. Wir vögeln spät nachts auf der Parkbank. Ein Fremder schlendert vorbei. Im richtigen Leben ginge er einfach weiter, in meiner Fantasie jedoch gesellt er sich zu uns, und beide dringen sie in mich ein.

Je älter ich werde, desto stärkere Fantasien brauche ich, um meine Gedanken auf das zu richten, was ich tue. Ich kann mich an einem Fünf-Minuten-Quickie erfreuen oder mir zwei Stunden Zeit nehmen, damit die sexuelle Energie meinen Körper vollständig durchströmen kann. Ölung ist für mich das erste Sex-Spielzeug. Ich benutze reines Mandelöl, und zwar jede Menge davon, für vaginale genauso wie für anale Penetration, während ich meinen elektrischen Vibrator an meine Klitoris halte. Ich lehre Frauen, ihre klitorale Stimulation mit der vaginalen zu verbinden. So können sie auch beim Partner-Sex zum Orgasmus kommen. Weil ich jetzt Anfang achtzig bin, nehme ich auch natur-identische Hormone aus Sojabohnen ein. So bleibt meine Vagina elastisch, ansonsten hätte ich keine Freude an der Penetration. Nach der Menopause möchten viele Frauen keinen Vaginalverkehr mehr. Für einige ist das eine Ausrede, um Sex dann generell zu vermeiden. Eine wichtige Ursache dafür, dass Frauen aufhören, Sex zu mögen, besteht darin, dass sie selten zum Orgasmus gelangen. In unserer Kultur gibt es noch immer jede Menge Missverständnisse über weibliche Sexualität. Noch immer wird erwartet, dass Frauen nur durch vaginalen Verkehr zum Orgasmus kommen. Das allerdings passiert nicht häufig oder gar ständig.

Die Zukunft gehört den Frauen. Frauen haben das Sagen in großen Firmen, sie leiten Regierungen und Unternehmen. Und Frauen bestimmen, wie gefickt wird. Wir müssen die Verantwortung dafür übernehmen, wie gevögelt wird, wie wir Sex haben oder Liebe machen oder wie auch immer wir das nennen wollen. Trotz allen Fortschritts, den Frauen erreicht haben, benutzen wir noch immer das männliche Modell der sexuellen Erregung, das Eindringen eines Penis in eine Vagina. Die Wahrheit jedoch ist: So gut wie keine Frau kann direkt durch Ficken kommen. Ich kann die wenigen Male aufzählen, als dies in meiner Jugend glückte. Ein solcher Orgasmus kann bei heißem romantischen Sex in der ersten Verliebtheitsphase auftreten. Aber danach bringt manche Frau ihr Leben damit zu, dieses Gefühl wiederfinden zu wollen. Deshalb sollten wir lernen, was wir mögen, indem wir uns selbst befriedigen. Dann können wir unseren Partnern sagen, was, wo und wie wir berührt werden wollen. Wenn Frauen lernen, wie sie zum Orgasmus kommen, werden die Jungs erleichtert sein. Auch für sie ist das nicht einfach. Denkt mal darüber nach. Wie sollen Männer oder, in lesbischen Beziehungen, andere Frauen unsere sexuellen Vorlieben herausfinden? Wenn wir es nicht wissen, wie zum Teufel sollen sie das können?

Betty Dodson, Vereinigte Staaten, ist Sexualwissenschaftlerin und Orgasmus-Spezialistin.

Wir bedanken uns bei allen Frauen, die es uns gestattet haben, gemeinsam mit ihnen ihre Gefühle und Gedanken zu entdecken. Wir danken außerdem unseren Ehemännern, Klaus Dieter Boehm und Lothar Troeller sowie Dr. Fredric Kroll, Richard Schmid und unserer Verlegerin Claudia Gehrke für ihre unentbehrliche Unterstützung. Besonders möchten wir uns bei Solveig Feldmeier bedanken, die in bemerkenswerter Authentizität die Interviews vom Englischen ins Deutsche übersetzte und uns so eine gute Grundlage für das deutschsprachige Buch gab.

Impressum

PF 1621, D – 72006 Tübingen
Telefon: 0049 (0) 7071 66551 und +78779
Fax: 0049 (0) 7071 63539
E-Mail: office@konkursbuch.com
www.konkursbuch.com
Facebook: konkursbuch.verlag
Mittwoch. konkursbuchblog: blog.konkursbuch.com/

Gerne schicken wir Ihnen auch unser
gedrucktes Gesamtverzeichnis.
Gestaltung: Verlag & Freundinnen
ISBN 978-3-88769-948-2
ISBN E-Book 978-3-88769-949-9